Genel Yayın: 738

TÜRK EDEBİYATI

ATTİLÂ İLHAN
BELÂ ÇİÇEĞİ

© TÜRKİYE İŞ BANKASI KÜLTÜR YAYINLARI, 2001

GÖRSEL YÖNETMEN
BİROL BAYRAM

GRAFİK TASARIM UYGULAMA
İŞ BANKASI KÜLTÜR YAYINLARI

1. BASKI ATAÇ KİTABEVİ (1962)
2. BASKI OK YAYINLARI (1971)
3-8. BASKILAR BİLGİ YAYINEVİ (1973-2002)

İŞ BANKASI KÜLTÜR YAYINLARI'NDA
1. BASKI KASIM 2000, İSTANBUL
3. BASKI MART 2006, İSTANBUL

ISBN 975-458-516-4

BASKI
SENA OFSET
(0212) 613 38 46
LİTROS YOLU 2. MATBAACILAR SİTESİ B BLOK 6. KAT
NO: 4NB7-9-11
TOPKAPI 34010 İSTANBUL

TÜRKİYE İŞ BANKASI KÜLTÜR YAYINLARI
MEŞELİK SOKAĞI 2/3 BEYOĞLU 34433 İSTANBUL
T. (0212) 252 39 91
F. (0212) 252 39 95
www.iskulturyayinlari.com.tr

TÜRKİYE İŞ BANKASI
Kültür Yayınları

belâ çiçeği

Attilâ İlhan

Şiir

İçindekiler

mâhur sevişmek

belâ çiçeği

aysel git başımdan

aysel git başımdan ben sana göre değilim
ölümüm birden olacak seziyorum
hem kötüyüm karanlığım biraz çirkinim
aysel git başımdan istemiyorum
benim yağmurumda gezinemezsin üşürsün
dağıtır gecelerim sarışınlığını
uykularımı uyusan nasıl korkarsın
hiçbir dakikamı yaşayamazsın
aysel git başımdan ben sana göre değilim
benim için kirletme aydınlığını
hem kötüyüm karanlığım biraz çirkinim

ıslığımı denesen hemen düşürürsün
gözlerim hızlandırır tenhâlığını
yanlış şehirlere götürür trenlerim
ya ölmek ustalığını kazanırsın
ya korku biriktirmek yetisini
acılarım iyice bol gelir sana
sevincim bir türlü tutmaz sevincini
aysel git başımdan ben sana göre değilim
ümitsizliğimi olsun anlasana
hem kötüyüm karanlığım biraz çirkinim

sevindiğim anda sen üzülürsün
sonbahar uğultusu duymamışsın ki
içinden bir gemi kalkıp gitmemiş
uzak yalnızlık limanlarına
aykırı bir yolcuyum dünya geniş
büyük bir kulak çınlıyor içimdeki
çetrefil yolculuğum kesinleşmiş
sakın başka bir şey getirme aklına
aysel git başımdan ben sana göre değilim
ölümüm birden olacak seziyorum
hem kötüyüm karanlığım biraz çirkinim
aysel git başımdan seni seviyorum

sen benim hiçbir şeyimsin

sen benim hiçbir şeyimsin
yazdıklarımdan çok daha az
hiç kimse misin bilmem ki nesin
lüzumundan fazla beyaz
sen benim hiçbir şeyimsin
varlığın yokluğun anlaşılmaz

galiba eski liman üzerindesin
nasıl karanlığıma bir yıldız olmak
dudaklarınla cama çizdiğin
en fazla sonbahar otellerinde
üniversiteli bir kız uykusu bulmak
yalnızlığı öldüresiye çirkin
sabaha karşı öldüresiye korkak
kulağı çabucak telefon zillerinde

sen benim hiçbir şeyimsin
hiçbir sevişmek yaşamışlığım
henüz boş bir roman sahifesinde
hiç kimse misin bilmem ki nesin
ne çok çığlıkların silemediği
zaten yok bir tren penceresinde

sen benim hiçbir şeyimsin
yabancı bir şarkı gibi yarım
yağmurlu bir ağaç gibi ıslak
hiç kimse misin bilmem ki nesin
uykumun arasında çağırdığım
çocukluk sesimle ağlayarak

sen benim hiçbir şeyimsin

gecenin kapıları

bütün kapılar kapandı dışardayım
birden karşıma çıkmayın korkuyorum
uykusuzum fena halde sokaktayım
karanlık bastırdı mı bozuluyorum

fena bir yerimden koptuğum doğru
kendimden çok fazla yaşamaktayım
nereye bağlanacak bu işin sonu
aslında ben kimim meraktayım

bütün kapılar kapandı sokaktayım

nada nada y nada*

saat hiçe doğru ispanyolca bir çakal
etlerimi ısıran nada nada y nada
kusarsam siyah bir su çıkarıyorum
silahsızım seviştiğimizi de unutma
kaçarsam bıraktığın şarkıya kaçıyorum
verdiğim adreste yoğum nada nada y nada

seni kaybettiğimi anlamayacak mıyım
silahsızım yüzümde kaç günlük bir sakal
kırarsam içimdeki camları kırıyorum
saat çaldı mı seviştiğimizi de unutma
geç vakit sular çekilmeye başladı mı
asarsam bel kayışımla kendimi asıyorum
verdiğim adreste yoğum nada nada y nada

nada, ispanyolcada hiç demektir.

nun nun

iyimser bir mayıs karanlığında bildik istanbul'un
fok nefesleriyle bomboş gemiler yelkovan rıhtımında
tutsak yalnızlıklarından ağır sular gibi yorgun
gecemi değiştiren en gizli şey nun nun

dağınık çocukluğunu ürkek nabızlarında
bir ucuna eklemek boşa koşulmuşluğunun
sevmenin sonrasızlığı korkular kaldırımında
ölümden sıyrılmış cumartesi yalnızlarında

kendini aramak insanlar boyunca uzun uzun
kirlenip ufak ufak yalanın krallığında
bütün kayıplarıyla kapı komşusu umutsuzluğun
paranın eflâtun sirkinde nun nun

saklı şimşekler gibi yansıdıkça yalnızlığında
birikmiş çığlıkları yaşadığı korkunun
hem başıboş hem çözük hayaller kalabalığında
yamyassı ezilmiş güzelliğinin yükü altında

ve iyimser gecesinde beklenmedik mutluluğun
geçmiş yaşantısı dumanlı ve asid tadında
önemli bir nöbet devralışın sorunlarıyla yüklü durgun
yeni baştan yaşamaya başlarken nun nun

şubat yolcusu

seni kim çizebilir şubat yolcusu
yalnız akşam olsun dağınık olsun
ceplerinde bozuk bir bulut uğultusu
geceleyin dörtte bir ölüm korkusu
dörtte dört sabaha karşı yağmursun
seni kim çizebilir şubat yolcusu
bütün çizgileri bozuyorsun

büyük leylâ

kaç kere söyledim büyük leylâ'nın
prenses olmadığını fâhişeliğini
zaten ışıkları da yanmıyor
en kötü yerinde bir karanlığın
anlatır durur gençliğini
hanidir ölümünü yaşıyor

halbuki onun ilk zamanları
balon kadehlerde içilen konyak
âvizeler altında sevip kadınları
at yarışlarında büyük oynamak
pera içlerinde italyan şarkıları
her gece bir baron kendini asıyor

aynalara sinmiş tokatlıyan'da
onsekiz yaşından birkaç tebessüm
gözyaşları bütün şampanyalarda
bir gölge gibi kaç kere gördüm
dolaştığını dip odalarda
belki de kendini arıyor

eksik

en eksik kızlar izmir'e çizilmiş
dudakları simsiyah akıyor
gözlerini iyice karıştırmışlar
yaşadıkları neyse eksik

korkularının tadı bir tuhaf
geceleri birden yaklaşıyor
karanlıkları az uğultulu
sevdikleri neyse eksik

pencerelerde büyüyorlar
söyledikleri anlaşılmıyor
seyrek ıslandıkları belli
ağladıkları neyse eksik

kirpiklerindeki toz mu ne
saçları yalnızlığa çalıyor
durdukları yerde azalıyorlar
öldükleri neyse eksik

ibrahim cura limited

en kral arkadaşım ibrahim cura
şimdilik bir romanda tebdil yaşıyor
kankırmızı serüvenler deneyerek
din iman tanımıyor ara sıra
sövüp sövüp güzelce kirlenerek
amok çılgınlığına bulaşıyor

bir ayna düşüyor içindeki çukura
soğuk aydınlığında o da şaşıyor
ışığın şaşırdığı bir yörünge çizerek
nembutal ampullerini kıra kıra
boccherini'den üremiş bir sinek
gözlerinin tutkalına yapışıyor

kan mı emzirmiş katıldığı çamura
acaba bir kaçakçılığı tartışıyor
buldog güzelliğine sığmazsa pek pek
biraya sızıyor ağırdan ağıra
geceleri beyoğlu'na tekmil küserek
asya'da bir limana yanaşıyor

kaç tütün yaprağı içtiği cıgara
stawiskiy'le bile tanışıyor
kendi hapsine düşmüş ne demek ne demek
boğulup gidecek bağıra bağıra
o ibrahim cura ki zehir zemberek
allah'ın işine karışıyor

belâ çiçeği

alsancak garı'na devrildiler
gece garın saati belâ çiçeği
hiçbir şeyin farkında değildiler
kalleş bir titreme aldı erkeği
elleri yırtılmıştı kelepçeliydiler
çantasını karısı taşıyordu

hiç kimse tanımıyordu kimdiler
gece garın saati belâ çiçeği
üçüncü mevki bir vagona bindiler
anlaşıldı erkeğin gideceği
bir şeyden vazgeçmiş gibiydiler
bir türlü karısına bakamıyordu

ayaküstü birer bafra içtiler
gece garın saati belâ çiçeği
şimdiden bir yalnızlık içindeydiler
karanlık gelmişi geleceği
birdenbire sapsarı kesildiler
vagonlar usul usul kımıldıyordu

büyük leylânın sonu

gece ilerledi ilerledi ama
büyük leylâ'yı bulmalıyım
telgrafı var iskenderun'dan
nereye gitmiş anlayamadım
kimseye haber bırakmadan
türlü şey geliyor aklıma

gözbebeklerini camlara vermiş
bu telgrafı bekliyordu
günlerdir yemeden içmeden
cıgara cıgara eksilerek
umutlarını iyice kesmiş
bir ara ölmek istiyordu
kimseye bir şey demeden
şimdi kaybolmak ne demek
türlü şey geliyor aklıma

nereye kaybolur çocuk mu bu
beyoğlu'nda mı desem yok yok
insanları sevmez biliyorum
en büyük düşmanı beyoğlu
istanbul tarafında mı desem
aksaray'da filan mı yok yok
üstelik bir de yorgunum
türlü şey geliyor aklıma

beni bir kere dövdüler

beni bir kere dövdüler çok gözlüklüydüm
daha bere giyiyordum bıyıklarım da duruyor
büyükdere'de dövdüler emirgân ve birileri
geceleyin dövdüler dişlerimi tükürdüm

emirgân'la aramız çok eskiden beri yok
niye ölmedim diye bana bozuluyor
ötekiler şurda burda azar azar gördüğüm
çakıdan bozma itler sustalı birileri
fakat çok fena dövdüler size ne söylüyorum
bir vakit omzum tutmadı dişlerimi tükürdüm

boşyerlerime vurdular yumrukları duruyor
gecenin bir saatinde gizlice kustum
bir böcek yürüyordu boynumdan içeri
burnum mu kanıyordu ağlıyor muydum
büyükdere'de dövdüler emirgân ve birileri
ayıran eden çıkmadı susadım su veren yok
kavgalı olmasaydık belki seni düşünürdüm
çocuk sıcaklığına sığınıp uyumayı
omzum bir vakit tutmadı dişlerimi tükürdüm

fakat çok fena dövdüler size ne söylüyorum
daha bere giyiyordum bıyıklarım da duruyor
hiç kimse o halimde görsün istemiyordum
eczane aramak filan aklımdan geçmedi
sıcak bir şeyler içmek otelde motelde
kavgalı olmasaydık belki seni düşünürdüm
dağılmış suratımı avuçlarına saklamayı
ağlamayı düşünürdüm kim bilir belki de
bir vakit omzum tutmadı dişlerimi tükürdüm

beni bir kere dövdüler çok gözlüklüydüm
daha bere giyiyordum bıyıklarım da duruyor
büyükdere'de dövdüler emirgân ve birileri
senin için dövdüler dişlerimi tükürdüm

cinnet çarşısı

doktor şandu'nun esrarı

hayır 18 işimiz başka türlü bitmeyecek
otomobil farlarından çiçekler oyup iliştirsek de
gözlerimize
dudaklarımızı iki şimşek gibi birbirine de bitiştirsek
hayır 18 işimiz başka türlü bitmeyecek
değil mi ki ben soğuk bir namlu gibi kuşkulu bir profil
değil mi ki sen çıkıp çıkıp bir bıçak atıyorsun 12'den
bırak öyleyse kısa devre yapsın johann sebastian bach
bir kere de yalnızlığın trampetlerini dinleyelim
şişedeki alkol iki ağır batarya tutar mı hiç belli değil
vurdukça vursa da yenilmeyiz avuçlarımızdaki portakal
kokusuna
değil mi ki ben nitrik asit terlemekteyim mendil mendil
değil mi ki sen çıkıp çıkıp bir bıçak atıyorsun 12'den

18 seni yazdım küçük sezar gangster olmadan önce
absent içip azar azar bir şiir gibi tamamladım
çıkmamış çıkmayacak hiçbir yerde
ne hoyrat kadınsın cam yeşili eteklikler giyen
tıpkı o filmdeki gibi adını hatırlamadığım
ne vakit bereni çıkarsan kıpkızıl saçların dökülür alnına
hani bir telefonda kıstırmıştım sonu sıfırla biten
seni küçük sezar'ın öldürüldüğü gece
karanlıktan kapılar kırılmıştı
sokak içlerine sığamamıştım
açık saçık fıkralar anlatıyordun yine de

18 seni yazdım niye yazdım bilmiyorum
yeni kaşlar çiziyorum mermi ıslıklarından çok suratına
dişlerinin ucunda ancak tutabildiğin komitacı
                                        gülümsemeleri
asansör kapılarından koridorlara bir ışık gibi sızabilmek
hiçbir daktiloda olmayan yeni bir alfabenin harfleri
işte çapı belirsiz bir de silah çiziyorum
çırılçıplak bir herif gibi yanıbaşına
çünkü beni ne yanlış yazıldığım bu senaryodan siliyorlar
ne de senin çantanda dudak rujundan başka bir şey var
bırak öyleyse kısa devre yapsın cogito ergo sum
bir kere de çılgınlığın tamtamlarını dinleyelim
damardaki kan mı uğuldar yoksa mağaralar mı hiç
                                        belli değil
vurdukça vursa da yenilmeyiz egzozdaki mazot
                                        kokusundan
değil mi ki benim şairliğime bütün ikinci kaptanlar
                                        kefil
değil mi ki sen çıkıp çıkıp bir bıçak atıyorsun 12'den

hayır 18 işimiz başka türlü bitmeyecek
yum gözlerini ışıkları söndür kapansın kapılar
öpüp okşadığın küçük sezar'ın takma dişli ölüsüdür
birkaç büyük yarası vardır ki kırmızı gözler gibi bakar
warner bros'un en kral hafiye filmlerinden
dakikada birkaç yüzyıl sararıp eskiyerek
hayır 18 işimiz başka türlü bitmeyecek
değil mi ki ben doktor şandu'yum degav degav degav
değil mi ki sen çıkıp çıkıp bir bıçak atıyorsun 12'den
bu karanlıkta büyüyen kan çiçeği sevişmek gülüdür
yamyam kadınların ısırıp ta dibinden kopardığı
o tırtıllı dişleri beyaz beyaz ve beyaz
dövmeli suratları erkek

18 seni yazdım niye yazdım bilmiyorum
saçlarının üstünde gök kırılıyor kalçaların yanardağı
bir buhurdan tütüyor burun deliklerinden bak şu işe
aç tırnaklarınla gece kibritlerine uzanır uzanmaz
çıkar şu gözlüklerini seni merceklerin ardında sevmiyorum
ışıkları söndür diyorum kapansın bütün kapılar da
siyah bir orkide koklayalım sevişe sevişe
çünkü ne beni yanlış yazıldığım bu senaryodan siliyorlar
ne de senin elinde fâhişeliğinden başka bir şey var
bırak öyleyse bırak kısa devre yapsın yeniden
siegmund freud'un kulaklarımıza fısıldadığı
bir kere de küçük sezar'ın telsizlerini dinleyelim
bileğindeki saat mi işliyor bir yerimize saatli bomba mı
koymuş
yenilmedik hiç yenilmeyeceğiz ölüm korkusuna
değil mi ki ben doktor şandu'yum degav degav degav
değil mi ki sen çıkıp çıkıp bir bıçak atıyorsun 12'den

gökyüzü olmak

aynalıçeşme'de kıstırınca kendi kendimi
yalnızlığımdan ayıklayıp ölüme çeyrek kala
elma gibi soyarak yorgun çirkinliğimi
anladım gökyüzü olmak istediğimi
bütün gözlerimle ben çoğala çoğala

ikinci cem'in gizli hayatı

1.

sazları yıldız boyalı bir gölde kadın saçları
son kadın saçları
       bir gölde boğuldu bütün
           kuğulu
son çocuk gülüşü düştü boğuldu
en son etekliği
       bir gölde kuğulu

o şimdi ikinci cem rüyaları delimsirek
burun deliklerinde ince bir tütün rüzgârı
bir yorgunluk çizgisi
       ağzının iki bitiminde
yüzü en karanlık erkek
           en çocuk sarı
geceleyin unutulmuş bir ıslık
ıhlamurları çözük bozuk bir yolda

bir genç kız boğuldu
kuğulu bir gölde
    ikinci cem kendi kendini aşıyor
      ütülü pantolonlara binmiş
        lacivert ve gri
uzakta elişi mâvisi bir gölde pisi balıkları oynaşıyor
bir çeşit kanatsız kırlangıçlar
    sıra sıra telgraf tellerine dizilmiş
      bir çeşit ölüm halinde gözleri

sonbahar
ikinci cem'in bu ilk sonbaharı
    ıhlamurları çözük bozuk bir yolda
      yeni dudaklarına damlayan ilk yağmur
                damlası
hırslı bir at gibi kapaklandığı ilk erkek uykusu
uzakta
    elişi mâvisi bir gölde
      kuğulu

2.

petrol dağlarından ay büyüdü
21 dinarlık
bu rüzgârın adı zodiac mı ne
tahtakurusu
kokusu
      iğde çiçekleri ve nane
ikinci cem'in gözlerindeki en hain karanlık
21 dinarlık

smyrna lady cem'in kucağına döküldü
iki kere iki dört sokağı'nda
      (köşeyi döner dönmez rıhtım
          agfacolor bir şileb isveç bandırası
izmir'de mi nerde 3.000 mil uzağında
      çıplak bir mandoline yenilmiş cem
          dişlerinin arasında yaprak cıgarası
          kadehi yarım

smyrna lady ayın mâvi südü
dikenlerinde bütün sıfır numara cutex
      ikinci cem'in kaçırıp götürdüğü
         zodiac rüzgârına sarıp bugün

3.

gece yirmi üç'lerde cem'in en karanlığı
uykularını bozan
                yosun tutmuş paslı demir yeşili göz
                juliette greco'nun en kalın sesli plâğı
                kadehte yarım
                        calvados
smyrna lady yarından bugüne geliyor
omuzlarında zodiac rüzgârı mı ne sabahlık
        bir baudelaire kırmızısı dudaklarında
        agfacolor
                elinde ağırlık

gece yirmi üç'lerde rio del plata sularında
bir şilebde
        21 dinarlık

4.

ikinci cem karanlığını değiştiriyor
içilmemiş suları gözlerindeki
en bozuk yeşil
ve anlaşılmaz mâvi

ikinci cem gözbebeklerini değiştiriyor
en italyan aydınlığına varmak için güneşin
dişlerinin ucunda bir şehvet keskinliği
en bozuk yeşil
ve anlaşılmaz mâvi

ikinci cem kim olduğunu değiştiriyor
iki kere iki dört sokağı'nda
en hoyrat korsanı yırtılmamış denizlerin
siyah bir kuğu kadar asil
iki damla kan üst dudağında
çarpıntılı uykularına giriyor
soğuk memeli kızların
borneo'daki
en bozuk yeşil
ve anlaşılmaz mâvi

ikinci cem yalnızlığını değiştiriyor
bir fransız bankasında yalnızlığını
                    valparaiso'da
bir omzunda ikincisi fransisco bill
bir omzunda lostromo igor paveliç
          dişlerinin arasında yaprak cıgarası
ikinci cem yalnızlığını değiştiriyor
kirpiklerinde tel tel smyrna lady
          yepyeni bir yalnızlık 100 ingiliz lirası
          (can sıkıntıları dahil
                    içmek istemeler hariç)
                    beyaz borsada

ikinci cem yaşadığını değiştiriyor
25 meridyen boyunca eskittiği
          en bozuk yeşil
                    ve anlaşılmaz mâvi

claude diye bir ülke

claude diye bir ülke siyah palmiyelerin
değişerek her gece genç kızları öptüğü
      yanlış erkekler gibi çizdiği raphael'in
      şüpheli dudakları ayva tüyü
claude diye bir ülke kuşların ürküttüğü
tüylü sevişmesini yağmurlu geyiklerin
      kırık masalarının uzaktan göründüğü
      lesbos adasındaki bitmemiş şiirlerin
claude diye bir ülke mermer prensesin
ağzıyla emdiği yılanların sütünü
      o kadar korktuğu ibranî peygamberin
      ay doğunca yaşayan ay batınca ölü

radyoaktif etkilerle saçların birden
balmumu bir heykelin başında uzaması
    röntgen yansımaları seramik gözlerinden
    ellerinin inatla göğsünü araması
boşlukta katılaşan bir kadın kahkahası
akvaryum yeşili flamand resimlerinden
    kaşlarının aynalarda incecik alınması
    her şimşek çakışta kendiliğinden
sabâ melikesinin odalık hareminden
kudüs'lü bir kızın âzeri ağlaması
    servirû sultan'ın yahudi dişlerinden
    çıplak ten aydınlığına işliyen sızı

claude diye bir ülke neuilly'de damgalanmış
fransız pullarının paris laciverdine
    kendinden başlayarak herkeste yanılmış
    rüyalar işleyince eksik erkekliğine
claude diye bir ülke değişmek sebebine
bütün köprüleri bir gecede atılmış
    tozlu bir melankoli sinmiş şehirlerine
    sınırları dikenli tellerle kapatılmış
claude diye bir ülke hiç kimse uğramamış
okyanus diplerinden yoğun sessizliğine
    dünya haritasından oyulup çıkarılmış
    uluyan bir köpek bırakılmış yerine

cinnet çarşısı

— 1. cinnetsaray

ömer haybo'yu konforpalas oteli'ne almadılar: kravatı ve bagajı yoktu. üstelik, ellerine karanlık bulaşmıştı. gece kâtibinin gözü tutmadı. almadı. başka bir otelin kapısı önünde, neonlar çığlık çığlık yırtılırken, viyanalı bale artistleri, bütün sa majeste butlarıyla burnuna güldüler. ömer haybo bir tarihte bunlardan bir ikisini avuçlarında çabucak buruşturup kâğıt sepetine attığını hatırlıyordu. oysa şimdi. gölgesini kaldırımdan kaldırıma vurup bu geceki yatağını hiçbir otelde hiçbir şekilde bulamazken ona yirmi dört ayar güleceklerdir: geceye yenilmiş bir ömer haybo: sarhoş, parası boşalmış ve otelsiz!

yarı geceden sonra beyoğlu'nda otel bulmak, hiç değilse altın dişlerini uzata uzata horlayan taşralı küçük tüccarların odasını paylaşarak sabaha gidebilmek ne türlü zordur, bilirse bilenler bilir. her gece kâtibi sizi uykusuzluğunun en kuşkucu gözleriyle delik deşik edecek, nerenizden olursa olsun, mutlaka olmaz bir yerinizden tutarak karanlığın kaldırımlarına dökecektir. şaşmaz. meğer ki abbas gibi içlerinden birinin ya da birkaçının yıllık yolcusu olun; ya da şehirlerarası telefonunuz sizden birkaç yirmi dört saat önce oralara uzansın! yoksa haliniz hiçbir şekilde ömer haybo'dan hallice olmayacaktır. hiçbir şekilde cüzdanınızı ve tabancanızı yastığınızın altına koyup mütareke istanbul'unu hatırlatan bu eski otellerden kötü gurbet uykuları çalamayacaksınız.

14, 18 ve 24 numaralı odalarda, beşer yıllık bekârlıklarını bozdurmaya gelmiş, doğu'nun çilekeş memurları; hayal kırıklığının taşlarıyla, gecelerini öğütüyorlar. 58 numaralı odada stuttgart'lı bir alman, tırnaklarını yiyerek birkaç saatta ihtiyarlıyor. 19 numaralı odayı geç! 4 numaralı odayı, lafı adamakıllı bol bahşişi adamakıllı kıt, erzurum'lu bir politikacı kapatmış. ya 121 numaralı? evet, ya haliç'in en arka uçlarına bakan yüksekteki 121 numaralı oda? işte tam mütareke istanbul'u: geceleri yağmur camları çizer bozarken, uzak uzak, üst üste çekilmiş fotoğraflar gibi general harrington'ın ve franchet d'esperay'nin fransız ve ingiliz 'zabitan'ı görünüp kayboluyorlar. evet, tutulmuş her oda, her kat! ömer haybo defolup haylaz gecesini başka bir yerde boğmalıdır.

otelde bir gece, bilemedin üç gece geçirip; yeniden ev ra-
hatlıklarına, yâni tutulan havluya, mutfaktaki bildik ye-
mek buğusuna dönmek başka, otel yaşamak başka!
bir başka çeşit kimseler, öğle üstleri, en uykulu yüzleri-
ni sirkeci ve tepebaşı'ndaki otel aynalarında bırakıyor;
sabah üstleri yorgun argın ve birkaç parça gelerek, ta-
kınıp yatıyor. ceplerinde çek defterleri ve tükenmez ka-
lemler eski mektuplar, kullanılmış sinema biletleri ve kür-
danlar, kaloriferleri dinleye dinleye ısınıyor. yürek içle-
rinde mekânsızlığın gizli ağrısı. rüyalarında yaşantıları-
nın (ne hikmetse) hep de en temiz, allah belâsını versin,
hep de en unutulmaz dakikalarını ilmik ilmik aranıyor
ve bulamıyorlar. otelleri yaşamak bir bakıma değiş-
mek. ve değişken. her gün irade dışında bir başkasına

eklenmek; her gece başkalarının pis kokulu trenine katılarak yepyeni (ama nasıl yepyeni, hiç görülmemiş) bir gelecek aramak! belki de, bu. ha, ne dersiniz? belki de bu otel 'milleti' aslında geleceklerini ellerinden kaçırmış bir çeşit insan 'haşeratı'. şimdi tırtıllar gibi oda oda kıvranıyor; biri öbürünün, hepsi birbirinin geleceğine sulanarak, yaşadığı anı berbat ediyor. çünkü yok aslında yaşadıkları an: pratik olarak, günlük ve 'suflî' gerçek olarak mevcut değil. yalnız yoğunlaştırılmış gelecek hayalleri halinde; bir de olsa olsa konserve edilmiş geçmiş hayalleri halinde var. evet, evet: geçmiş hayalleri: otel halkının büyük bir yüzdesi; belki piç edilmiş olduğundan, belki kirlendiğinden; geçmişini de gerçekte olduğu gibi değil, istediği gibi düşünmeyi sever, çevresiz ve tanıdıksız olmak her otelde başka bir

adam, her otelde başka bir geçmişin kahramanı olabilmenin garantisidir. büyük şehirlerde oteller, yabancılara yalancı ev olayım derken, farkında olmayarak, içlerinde bir yirminci yüzyıl kirini biriktiriyorlar: lavabolarına her gece ve her sabah, diş macununuzun aydınlık tüten köpüğünü tükürüyor; bir yerde (asansörden
indiğiniz, salona girdiğiniz anda mı, ne bileyim) kendinizden öncekilerin çamuruna ekleniyorsunuz. sonra gelsin anahtar gözlerindeki neuilly (seine) damgalı mektuplar. gelsin garsonların bahşişten aşınmış tertemiz
elleri. şehirlerarası ve milletlerarası telefon. gelsin kendine benzetip benzetip emin olamadığın aklının içindeki çürük adam. (affedersiniz, ben burada bir yabancıyım.) yabancı olmadığın bir yer var mı ki, ömer haybo?

zil. bir daha zil. birkaç kere daha. arayan 108 numara-
dır: garsonun ceplerine buruşuk liralar doldurup, yarın-
dan itibaren, kahvaltısıyla birlikte bütün sabah gazete-
lerini isteyecek. yüzü küf rengi. gözlerinin akı, sarı. ge-
celeri, tramvay vınıltıları, ok yılanları gibi atlayıp atla-
yıp geçerken, o, (allah rızası için olsun) iki parmak
uyuyabilsin diye, durmaksızın luminal alıyor; yine de,
sinirleri tel tel gerilmiş ve dudakları mosmor uyuyama-
yıp cıgara üstüne cıgara içiyor. her gün, yerde boylu bo-
yunca ölüsünü bulacaklarını sanıyor garsonlar, yok öy-
le şey! bir başka zil: uzun uzun, ısrarlı ve emredici: 98.
hiç olmadığı ve olamayacağı kadar, 98. yani yalancı bü-
yüklük, sahte ehemmiyet. otelde bile bilmem ne umum
müdürlüğünün, ya da ithalat şirketinin büyük maka-
mında oturuyor; old master pürolarını kül ettiği yetmez-

miş gibi, yeni ve yapay bir yaşama gücü olarak, haig and haig viskilerini, en çabuk ve en hızlı yollardan kılcal damarlarına akıtıyor. yarın almanlarla işte uyuşabilirse arabasını bir mercedesbenz'le değiştirecek. bir başka zil: 74. kesik, kararsız, varla yok arası. hani o kadın: hani benim, senin, ömer haybo'nun ve her erkeğin, doğumundan ölümüne bir deprem önsezisiyle beklediği, ince kadın. beklediği ve bulamadığı şefkat. beklediği ve bulamadığı iç mutluluğu ve huzuru. eğer saçlarını gevşek bir topuz halinde toplayıp, siyah kazağının üzerinde nefti bir deri ceketle, merdivenlerden iniyorsa; üzülme, hiç de umutsuzlanma: geceleyin siyah nylon bir yağmurluğa sarınarak, muhakkak uykularına gelir. evet, hiç değilse uykularına gelir ve artık bütün ziller, sabahlara kadar, kulak diplerinde çırpınır durur.

sonuncu zil, ömer haybo. otelinin en gölgeli pencerelerini iki balgamla kapatmış, bira köpükleriyle yükselen bir iç öfkesini, yakası açılmadık küfür ya da tabanca mermisi olarak çıkmadan, zaptetmeye uğraşıyor. otele indiği an, ıssızlığın avaz avaz tuzağına yuvarlandığı an değil mi? lavabo, karyola ve koltuk yabancılığı; pencere ve perde yabancılığı; abajur ve telefon yabancılığı derken yaşantısının bir bam noktasında her şey bütün bütün yabancılaşıyor. ve o, ihtiyar köpek ve mekânsız kurd yani, az aydınlatılmış koridorlarda, cıgara ve kızgın yağ kokan yemek salonlarında yanlış yanlış dolaşarak, kendisini kendisiyle tanıştıracak bir bildik aranıyor. hepsi gitmişler. allah allah, hepsi ve tamamen gitmişler. onu ona tanıştıracak ne gazetelerin birinci sahifelerinden otuz iki tebessümlü bir film yıldızı kalmış, ne de ortadoğu pullarından kovulma dört dörtlük bir kral!

otel yaşamak, yaşamamak mı: kararlılık duygusunu kaybetmek, aileden soğumak, yarın kaygılarını sürgün etmek mi? abbas bunu dengine getirip de, eğer milano'da borghese oteli'nde, ya da erzincan'da yenişehir palas'da anlayamadıysa; ne yapıp yapıp, bu sefer ya bristol oteli'nin, ya da garpalas'ın merdivenlerini ökçeleriyle mühürleye mühürleye anlayacaktır. haliç'in şıpın işi boğan sabaha karşı sisleri, en aykırı bizans yapılarını bile balmumuna çevirirken; değil mi ki kallavi sokağı'nın oralarda, hâlâ daha otelini edinememiş gece köpekleri dolaşıyor, oldu bu iş: cinnet çarşısı'nda otel gerçeği, bir yaşamak gerçeğinden çok, bir yaşamamak hevesi: şehir ve ülke içi, ülkeler ve şehirlerarası bütün ilişkilerinizi, ifrit bir kuklacı titizliğiyle oteldeki odanızdan düzenliyor, fakat kendinizi (namusum hakkına) bu düzene katmıyorsunuz. hah, hah, hah! ben 70 numaralı odadayım ve merih'teyim. rize'den bin şu kadar sandık portakal vapura yüklensin! atina'daki african boys revüsü, tropikal hergeleleri ve ısınmış gergin tamtamlarıyla hellenic line'nin bir gemisi üzerinden, beyrut'taki elkeyf pavyonuna aktarılsın! münich'den istanbul'a bin kutu agfa negatif göndersinler. ben daima ve kuklacının tekmil rahatlıklarını giyinmiş olarak, 70 numaralı odadayım ve merih'teyim: kurduğum ve bozduğum ilişkiler, kullanılmış bir jilet kadar olsun hayatıma girmiyor. gidip gözlerimi pencerelere vurdum mu çileli tramvaylara, akşamüstü memurlarına, dört beygirlik bar fâhişelerine toslayıp; (evet, evet, evet) yaşamadığımı anlıyorum. ben bu iç odalardan, ağrılı telefon zillerinde ve ürkütücü saat başlarında uzayıp giden bir şikâyet miyim ne? biraz taşradan devrilmiş badem bıyıklı memurların 'bertafsil' şikâyeti. biraz fakültelere gelmiş kalmış liman çocuklarının sinemaskop şikâyeti. fakat asıl, büyük ve önemli, kendi kurduğumuz ilişkiler düzenine bir yırtığından olsun bir türlü (hay allah kahretsin) sahiden katılıp acısı ve şenliğiyle ciddi ciddi yaşayamamak şikâyeti!

aynı otelde ömer haybo'yu ve abbas'ı kıstırıp, birini ev-
cilleştirip ötekini hınzırlaştırarak, bir ve aynı adam kı-
labiliyor musun? al sana yaşamak! oysa onlardan, han-
gisi hangi otelin kapısına saplansa, ötekisi ya koltuk al-
tında iki ağızlı kamalarla derisini delmek için hazırlanı-
yor, kanına susamış; ya da kendini yangın merdivenle-
rinden sokaklara dar atıyor, bıkmış usanmış! biri daki-
kalarını sıkıştıra eze yaşayan (hem de it egoizmini ya-
şayan) otel yırtıcısı; ötekisi zaman ve uzaya, sağduyu ve
sağbeğeni halinde dağılmış insan evcili. birinin kopar-
dığını öbürü bağlıyor. ömer haybo haklı ya da haksız
(önemli değil) her zaman bir action'a bitişik, hiçbir za-
man düşünceyle bağdaşamamış; abbas her zaman evle-
re şenlik bir düşünce doğurganlığını yaşıyor. doğur-
duklarını öldür allah kendi dışında etkili eylemler kıla-
mayarak. öyleyse o otel senin bu otel benim. hayır bu

otel de senin. hayır o otel de benim. sen şimdi (benim
bir diş fırçası ve bir daktilo halinde defolup bıraktığım)
güneş ve gökyüzü görmez bir şubat odasından, az son-
ra yemeğe inecek; anlaşılmaz bir kolaylıkla, kumar
düşkünü bir aktrisin kauçuk dudaklarını, (sevmezsen),
bir liseli kızın evlilik kurgularını yiyeceksin. ben lozan
oteli'ndeyim. hayır, garpalas'tayım. on bininci sartre'ı
okurken limonlu bir coca-cola ve barutu çok dumanlı
bir yalnızlık patlatıyorum. seni o otelden, beni bundan
kovuyorlar. ben ona gidiyorum sen aynı anda buna ge-
liyorsun. ölmek işten değil. delirmek. sırtısıra oteller, yağ-
mur geceleri akan, kar geceleri üşüyen. serseri ve kurt-
lar yatağı. oteller, oteller, oteller. birinden ötekine, öte-
kinden berikine yayından kurtulmuş öfkeli bir mekik hı-
zıyla dolaştığım. hanginiz'den ömer haybo'ya, yani
kendime, telefon edebilirim? söyleyin bana, hanginizden?

– 2. rock'n'rol köpekleri

bu başka bir sonbahar saçlarını boyatmış bir
nylon sarışınlığını çekmiş vitrinlerine
hiç tanımadığım akşamüstleri sarhoş geliyor
boenig uçaklarıyla valizlerini barda bırakarak
adamakallı geliyor simsiyah balkan otellerine

midhadpaşa stadı'nda bir maç beşiktaş yeniliyor
açık tribünlerde yamyamlar ağlayarak

hadi sen de gel viyolonsel gibi çök yanıma
mavi beyaz bir ruj aksın dudaklarından
salem cıgaraları aksın tebeşir beyazı
rock'n'roll köpekleri bir üç beş akşamıma
hadi sen de gel tak en uzun kirpiklerini
alnından bitmesin kaşların gri çekilmiş
iki büyük parabellum unuttuğum memelerin
hadi sen de gel viyolonsel gibi çök yanıma
yeşilköy'de bırakıp fransız güzelliğini
on bir buçuk dolarını ve yarım ingilizceni

istanbul radyosu'nda kaç kere çardaş fürstin
büyük postahane'den kaçıncı telgraf çekiliyor
piyasa durgun stop artık mal göndermeyin

bir citroen çözülmesin londra asfaltına
girip içine şehzadeler gibi boğulduğum
yamyassı bir citroen gecenin basıncından
trafik polisiyle arası hiç düzelmemiş
ben demek burda değilim ben artık yoğum
bütün buluşmalarımdan tekrar vazgeçilmiş
çünkü beni bir yerde baudelaire bekliyor
yepyeni şiirler yazmış ambalâj kâğıdlarına
sıcak bir yağmur akıyor yeşil saçlarından

burası 48 41 60 beyrut'la görüşmek istiyorum

afiş kapılarındaki kırmızılar deliriyor
öyle yanlış kırmızılar ki toulouse-lautrec
ressam sakallarının bilerek kabul etmediği
acı bir absent gibi ansızın içilmiş
marcel carné'den bir yağmur bekleyerek

wagons-lits cook yataklı vagonlar şirketi

aksi tesadüf bir kere daha toulouse-lautrec

– 3. *bir de manhattan olursa*

sen de dudaklarını boyadığın zaman orlean düşesi
ben hangi filme gitsem sonunda ölüyorum
bu şehrin en büyük yanlışı galata kulesi
onu cinnet çarşısı'nda bile hiç kimse sevmiyor

müslüman meyhanelerinde sarhoştan geçilmiyor

onları ben biliyorum asıl ben biliyorum
durup durdukları yerde sanki kayboluyorlar
ikiler ve buçuklar üzerinde acı siyah
içip soyunuyorlar korkularından bazıları
kenar çizgileri titrek içleri bozulmuş
bir gece beni şişli'de bulmuşlardı hani bir
bekçi yırtılıyordu cebinde yüz beş kuruş
sonra denize girmişlerdi sabah sabah
onları ben biliyorum asıl ben biliyorum
iç suratlarına tükürüp duruyorlar hanidir
dudaklarında çetrefil kadın yazıları
gecenin avuçlarına her biri ayrıca kusulmuş

bir tramvay çiğnedim midem hâlâ bulanıyor

sekiz on beş'te durmuş bütün meydan saatleri
gece mi yoksa gündüz mü iyice anlaşılmıyor

başım nasıl dönüyordu yüzüm ne kadar sarı
çünkü saat başlarını koynuma saklamıştım
çünkü bismarck bir kere daha batıyordu
lindberg'in oğlunu bir kere daha kaçırdılar
yolda yeşil bir ford su gibi akıyordu
kalın bir yağmur camlarında kırılıyor
akşam üzerleri zehir zemberek acıydılar
yalnız bir zil çalıyordu tenha koridorlarda
niye çaldığını bir türlü anlayamadığım
zaten orada değildim bir uykuya saklanmıştım
bütün pencerelerimden deliler bakıyordu

cezayir'de her gece sokağa çıkma yasağı
bir ağaç öldürülmüş galiba sonbaharda
yabancılar lejyonu'nda izinler kaldırıldı

onları ben biliyorum asıl ben biliyorum
zenci seviciler hiç kimsenin anlamadığı
erkek pantolonlarına simsiyah kurulmuş
yalnız pipo içen bir de manhattan olursa
gece sokaklarında bıçak bıçağa bulduğum

ansızın birbirinden dehşetli soğumuş
onları ben biliyorum asıl ben biliyorum
cep radyolarında count bessy çıldırıyor
bir yumrukta dağıtmışlar kanıyor dudağı
bir de çocuk kirpiklerini boyar arasıra
esrar kaçakçısı mı ne polisin tanımadığı

cinnet çarşısı'nda her gece büyük bir kuş
lacivert kanatlarıyla bastıran ömer haybo'yu
her gece yalnızlığında klaksonlar parıldıyor
silahşör karakolu'nda boğazlıyorlar uykuyu

– 4. *sirkeci garpalas 32*

elektrik çiçekleri açıldı mı sayaç dönüyor
ben de dönüyorum sirkeci garpalas 32
birisi neuilly'den iki uçak mektubum var
hangisini açsam birkaç satır daha yalnızım

çocukluk serüvenlerim tüccar horn filmindeki

hangi kız yüzüme baksa mutlaka parasızım
yıldız falımda mutlaka yolculuk görünüyor
benim için bir şey yapın suçlu değilim ki
kimin kapısını çalsam elini tutacak olsam
kendiliğinden atıyor bütün sigortalar
şehrin bütün ışıkları bir anda sönüyor
ben de sönüyorum sirkeci garpalas 32
birisi neuilly'den iki uçak mektubum var

yine bir radyo ıslığı sızıyor kulaklarıma
şimdi baylan'a gitsem hiç kimseyi bulamam
iki kırk beş seansı başladı üstelik yağmur

yoksa seni içim sıra çok mu hızlı yaşadım
uzak olduğumuz halde ne oldu bilmiyorum
aramızda her şey bitti artık gelmesen de olur
bana yazmasan da olur seni hiç sevmiyorum
halbuki gelip gelip rüyalarıma giriyor
o çocuk yüzlü siyah trençkotlu kadın
aylardır bir plak arayan sayanora ismindeki
onu yüksekkaldırım'da akşamları görüyorum
siyah bir lale gibi yorgun boynu bükük
yarı yarıya yabancı yarıdan fazla uykusuz
kim olduğunu bilmiyor ne yaptığını bilmiyor
bir vitrin aydınlığında gizlice bakışıyoruz

rahmaninof'un piyano konçertosu saat dokuz
nargile meraklısı kadınlar emirgân'da tek tük
yine her satırbaşında vlaminck'e dönüyorum
yırtıcı bir kuş gibi yalnız bulutlar içindeki
ne kadar ampul varsa beyoğlu'nda kör kütük
kirli bir sis ıslak elleriyle hepsini örtüyor
yine konyak sarısı yumuşak bir sonbahar
herkes ümitsizliğini sırtlamış evine götürüyor
ben de götürüyorum sirkeci garpalas 32
biri neuilly'den iki uçak mektubum var

nerdesin inge nerdesin nerede değilsin ki

– 5. *eller yukarı*

gece soğuktan diken diken ürpermiş bir meydan saati
gördüm: bir, diyordu. tramvay rayları bilenmiş, gizli yağ-
murların hınzırlığından, kaldırımlar incecik ıslanmıştı.
nikotin ve alkol, sonra kolkola girdiler, hayalet taksile-
rin sabaha doğru aktığı köşebaşından, büyük parmak-
kapı sokağı'na devrildiler. bayrakları yırtılmış bir gece-
di bu: her pasajında hain namluları saklanmış, her te-
lefon zilinde ölüm haberleri parlayan; yıldızları dönük,
yenik bir gece. arka beyoğlu'nda, allah bilir, her on
dakikada bir kadın yırtılıyordu. birazdan orman bı-
yıklı çöpçüler, sokak aralarından, siklamen rujlu dudak-
lar, balgam tabiatında gözler, kesik memeler süpürecek-
lerdi. halbuki ömer haybo, iç cebinde, neuilly (seine)
damgalı mektuplar; birbiri ardınca bitmez tükenmez cı-
garalara biniyor, gecenin sabaha bulaştığı yerde asıl
kaybettiğini, yani kendisini arıyordu: çirkin, tutkulara
tutkun ve en önemlisi, ulaşılmaz hergele! aslında ömer
haybo kim? doğu'dan bakarsan yaşaması en yüksek S.
saatinde bozulmuş yarı gâvur bir batılı; batı'dan bakar-
san hiçbir vakit gerçek kimliğini 'ibraz edememiş' uyur-
gezer bir doğulu! bütün bunların dışında cinnet çarşı-
sı'nın dişlileri arasında, (kim ne derse desin), ölümle alış-
verişi olan, yarı insan yarı alkol bir hayal! böyle böyle
çarşımızın gerçeğine ulaşıyoruz: bir saatinden tut bir baş-
ka saatine git, işte bu beyoğlu'nda ölünmekle çürünmek

arası bir kirlilik yaşanıyor; tek tek, boyanmış dudak, kırık diş, traşlı ense ve binlerce bozuk böbrek olarak!

ama dur, önce beyoğlu kim? benim, yani beyoğlu'yum. piçim, bir rivayete göre bir bizans tekfurunun piçiyim, bir başkasına göre soho'nun ve st-germaindes-pres'nin. tünel'in oralarda galip dede caddesi'nden başlıyorum; bar bar, otel otel, meyhane meyhane; bir alkol, yalnızlık ve nikotin ağacı gibi açılıp, taksim meydanı'nda bitmiyorum. nasıl bitebilirim? sıcak konyak ağzı keskin bardaklara dolup boşalıyor. paçavra banknotlar, en aşağılık orospu huylarıyla, bir gecede belki yüz el değiştiriyorlar. havagazı musluklarında o ince yılan ıslıkları. buğulanmış 1919 camlarında intihara fevkalade kabiliyetli beyaz ruslar! sonra ben, allah belâmı versin, yani pera, gözlerimi kilitleyip ciğerlerimi takımı ile boşaltarak nasıl bitebilirim? istesem de olmaz! çene kemiklerimi kanırtarak tam asmalımesçit'teki yeraltı barlarını diş diş çektiğim sabah ayazında, ansızın, topraklüle sokağı'ndaki randevu evlerini ve saklı kumarhaneleri görüp çıkarırsam! küçük fâhişelerimi ve cinsiyeti belirsiz çocuklarımı sileyim derken, kürk mantoları ve avanak tavuskuşu halleriyle yüksek tiyatro yıldızları ve köçekler, hususi arabalarda bekleyen yüzüklü tüccar avuçlarına boşalırsa! midemle yüreğim arasında bir yerde, değil mi ki bu çamur pazarı kurulmuş; ne yapsam, ne etsem: kafamı hangi haliç boğuntusuna soksam, kurtulamam! yüzyıllık çirkefimi yenileye yenileye piçliğimi ve dehşetimi yaşayacağım. yaşamaksa! kötü bira köpüklerini üfleyip, vitrin arkalarından, uzak bir gökyüzünde bir mendillik temiz bulut, iki parmak kirlenmemiş mavi arayacağım: gözlerimi dinlendirebilmek için. dinlenirse! dinlenebilirsem! siz bir şehir midesinin, sıfırdan sonsuza doğru ürkek kibrit aydınlıklarını öğüterek, ölmesini yaşaması ne demektir bilir misiniz? nasıl bir dev yorulmasıdır, bu! nasıl, yemyeşil yosunlar büyüterek terlemektir! dinlenmek, hah, dinlenmek ne kelime?

gece devriyeleri ömer haybo'yu en son küflüçıkı soka-
ğı'nın köşebaşında görmüşler: yere bilmem kaç köşeli bir
yalnızlık atmış, üzerine bir balgam çivilenmiş. demek ki
sarhoş: karanlığın bu sinsi celladını tanıyamıyor: yalnız-
lığı, yalnızlık önce kral. sonra ve daima cellat. boynu-
nu vurmadığı, sıfıra indermediği hiçbir maddi varlık, hiç-
bir manevi değer kalmamış. gecenin bir saatinden son-
ra içinizdeki yalnızlığı tanıyamazsınız: iki ağızlı bir bal-
ta mıdır, yoksa indi inecek bir giyotin bıçağı mı? artık
romanlardaki ve şiirlerdeki beşerî görevinden kovulmuş,
kirli, ahlaksız ve gangster bir yalnızlığın zehirli dairesi
tamamlanacak, kurşun diktası kurulacaktır: bu yirmi-
sindeki kızın üstüne limon sıkıp yiyebilmek için, heh heh
heh, on beş yalnızlık gecesi kâfi. cellat neredesin? saba-
hın kaldırımlarına, ürkek ve yalnız bir bâkireden ace-
mi ve yine yalnız bir orospu dökmek kimin işi? cellat,
hadi ya! göçük milyonerin en siyah frakının en olmadık
yerinde (ne sihir ne keramet) bir browning kılıfı olma-
yacak mısın? ol, ol! ayrıca ingilizler hesabına çalışan bir
çek mültecisinin bir apartman terasında bilek damarla-
rını seninle açması; hem de nasıl, gözlerinin kuytuların-
da prag üniversitesi'nden kalmış bir ümit çığlığıyla aç-
ması; daha daha lübnan'lı beyaz zehir kaçakçısı erme-
nilerin (varuşak ve haygazyan mı?) kanun dışı tansiyon-
larını, ölüm sınırlarına seninle ulaştırması, biraz daha
hınzırlığını ve mel'unluğunu, fakat en çok merhametsiz
heybetini arttırır. sen yalnızlık, insanın çocuğu ve cella-

dı; bu cinnet çarşısı'nın cıgara külü, tuzlu fıstık ve kötü parfüm kokan rezil avuçlarında al capone gibi gezindikçe, daha çok devriyeler, daha çok yıldırım ekipleri; ömer haybo'yu, gözlük diye siyah itlikler takınmış olarak, çılgınlığın eşiğinden toplayacaklardır. meğer ki alkol tutmaya! ya, ya, meğer ki alkol, kulak memelerinden yengeçler gibi kıstırmaya!

garson, bu bira kudurmuş ısıracak: kaldır şu bardakları! bana bir duble hınzır konyak getir: çizgisi ince çekilmiş, zehiri tamam, itliği bol olsun! bana ustura aydınlığında bir duble rakı ve aşağılık leblebi! bana bozuk cansıkıntısı, kullanılmış serserilik, heyecan dozu adeta'yı aşmayacak kadarcık da serüven getir! alkol, işini bilen haydut yamağı, gece ve geceler boyu durmaksızın o gırtlaktan o gırtlağa koşturuyor; adamına ya da kadınına göre unutuşlar, aşklar, acılar; daha doğrusu ve sahicisi, hayal sistemleri dokuyor. işi bu. bir işi de bu: gerçekte olmamışı, olmayacak olanı teselli ve zaaf örgüleri halinde bulutlu bir sarhoşlukta olduruvermek! her sarhoş, ilk yudumuyla son yudumu arasında, kaç yüz yıllık serüven yuğurur bir bilseniz! oysa öbürü, yani alkol bütün hainliği ve kayıtsızlığıyla binlerce karaciğeri, kilometrelerce insan damarını, bilmem kaç sinir sistemini (allah allah) alışkın ıslaklığının ve acılığının öfkesine tutup yakıyor. bir cellat da bu: ikinci cellat. şişede durduğu gibi durmayan: katiyyen hiçbir şekilde durmayan, en perfect lady'den en yılışık ve bayağı kaldırım sürtüğünü, en gentleman salon adamından en sulu köşebaşı zamparasını küt diye çıkarıveren! seni ilkokul heveslerine uygun, çelik ve beton köprüler kurucusu yalçın bir mühendis; onu başbakan, berikini büyük komitacı, öbürünü haftalığı yüz bin liraya gelen beygir kalçalı alaturka şarkıcı yapıveren acı su! içmek bir bakıma en kötü intihar şekli, bir bakıma en pahalı delirmek midir; olsun, öyle gece köylüleri var ki her an içlerinde kezzap buharları tüten bir alkol gölü biriktiriyorlar; böylelikle önlerinde beliren günü daha doğmadan boğazlamış oluyorlar. içmek herhangi bir action'u tasarıdan uygulamaya geçirmeden; tembeli, uyuşuğu ve miskini, yapmış ve bozmuş olmanın hüznüne öylesine çarpıyor ki, hemen hemen bütün büyük içiciler saçma'yla yokluk arasına sıkışıp çatır çatır eziliyorlar. aslında bir ağır ölmek de bu!

içmek, gündelik ve çıplak gerçekten, dumanlı bir hayalistan'a kaçmaksa; şehvet daha başka ve daha aşağılık bir kaçmak: hayır, aşk değil, sevişmek bile değil hattâ: sadece en hayvanca, en arınmamış, en sapık eğilimleriyle şehvet! kardeşinin karısına niyetlenmek, dostunun nişanlısına gözkoymak! ömrünce görmediğin bir kadınla ömrünce bir daha göremeyeceğini bile bile rezil avuntular kaypak teselliler için ilk insanlığın barbar şehvetine gitmek! bir yarım, bir yitikseniz ensenizi burgu gibi oyan tamamlanmak arzusu sizi belki de cinsel eklenmelere itecek duracak; her defasında ya daha başla-

madan tiksineceksiniz ya sonraki yıkılışınız öncekiler-
den birkaç misli daha ağır olacak, bozulacaksınız. çün-
kü alkolün yalnızlığın ve karanlığın krallığında, düpe-
düz aşk bile beşerî ve yüksek bir tamamlanma olmak-
tan çıkmış; adamın ayağını bütün bütün kaydıran, yo-
sunlu, kirli, hayasız bir oyun olmuştur: daha çok para-
nın, en çok alkolün, bilmem ne kadar züppeliğin ve gös-
terişin sırtında dönen yüzde seksen yalan, yüzde on al-
datmaca, yüzde on kirletmece olan bir oyun! hadi artık
gözler bozuk yumurta kıvamını bulsun, bulansın! burun
delikleri büyüsün: tünel'den taksim'e doğru yarı gece-
den sonra beşerî görevinden koparılmış şehvet yeryüzü-
ne nesiller üretecek bir öldürgenliği mi temsil ediyor? iş-
te bir cellat da bu. üçüncü cellat. saat: sıfır iki, ben
şehvetim, uyruklarımı bir bir tanırım: caron pudrasının,
dior tuvaletinin, rhodia kravatlarının gerilerinden bir yer-
de şaşırtıcı bir kolaylıkla en hayvan çizgilere yaklaşır;
sutyenlerini ve yaka düğmelerini eğreti bir medenîliğin
askısında unutup; harcanmış hayatlarını, hiçliklerini, bu-
nalımlarını ağlayarak avuçlarıma kusarlar.

elbet şu ömer haybo, her duvarı ayrı ayrı ve özellik-
le kirletilmiş gecenin ve abbas'ın izlemesinden sıyrılacak-
tır; bulanık alkolün, iğrenç şehvetin ve gemi azıya almış
yalnızlığın! onunla ben, yani abbas; yani bir yarı gece-
den öbürüne iç şimşekleri ve soluklanmalar halinde
aktarılan; hem korkumuzun kalleş bıçakları ellerimiz-
de ezici saklambacımızı oynayacağız; hem de ufak ufak

bir cinnet çarşısı'nı öğütüp eriteceğiz. bunun için ne lazımsa akıl cebimizde ve mide cebimizde hazır: fare tiksintisi, elektrik tuzu, colt mermisi, yalnızlık ve yalnızlık zehirleri, kullanılmış kadınlar ve taze can sıkıntıları. aklınıza ne gelirse, ne gelmezse! yalnız limanı ve garları alıp götürün. beyoğlu'nu yüksekkaldırım'dan ve taksim'den tıkayın. hah şöyle! şimdi gel ömer haybo, yalnızlığını iyice destele alkolünü midenin termosuna doldur, şehvetini dişli kurt köpekleri gibi ardına tak ve gel! seni kalyoncukulluk'ta camlarına gün ve namus aydınlığı, yaşama sevinci vurmuş herhangi bir berber dükkânı önünde bekliyorum. hadi gel! erkeksen! saat: sıfır üç! tahtakurusu gibi duvarlara yapışarak mı geliyorsun? hah hah! zarar yok, öyle gel. ben katı, sıhhatli ve sağlamım. ben abbas'ım. eller yukarı!

mâhur sevişmek

emirgân'da çay saati

çerağân sarayı'ndan büyükdere'ye
üşümek sonbaharında eski çınarların
      uzadığı yerde gizlice akşamların
      başlayıp adetâ kendini dinlemeye
kafeslerin ardında bol gözlü bir kadın
ansızın giydirilmiş ipek ferâceye
      bir çay yalnızlığı emirgân'dan öteye
      değdikçe ısındığı yaldızlı bardağın
nedîm'den yansıması tatyos efendi'ye
tenhâ bir genç kız sesiyle hicazkâr'ın
      kuytularda çürüdüğü bağdadî yalıların
      yorgun sarmaşıklarıyla sarkmış bahçeye

soğuk kuşlar gibi dağılır boğazda
rüzgârın getirdiği donuk bir yağmur pusu
    istinye'de gemilerin karanlık uykusu
    kırık direkleriyle dalgın ve hasta
birden içimi kaplayan ölüm korkusu
selâm verilince meçhul bir namazda
    gâzâli'yse biraz mevlânâ biraz da
    kubbenin altındaki divan uğultusu
'şeref' vapurundan en kirli beyazda
yüzlerce harbiyeli sürgün yolcusu
    havada bir asılmış adam kokusu
    istanbul jöntürkleri hüzzâm bir yasta

yankılarıyla telaşlı geceleri bebek'ten
motorların taşıyıp o kadar bitiremediği
 en yılgın sonbahar benim gözlerimdeki
 çok daha dumanlı mütâreke günlerinden
alaturka saat kaçta ikinci tömbeki
miralay sadık bey'in nargilesinden
 dem çekip kumrular gibi sebilleri şenlendiren
 osmanlı sehpâlarının gölgesindeki
emirgân'da acılaşmak koyu bir semâverden
çaylar gibi kararıp kaç defalarca eski
 bir şiir üzüntüsüyle müseddes biçimindeki
 çoktan unutulmuş kilitli defterlerden

yarının başlangıcı

— bu şiirler belki hiç yayımlanama-
yacaktı. onlara gün ışığına çıkmak
imkânını veren 27 Mayıs ülkücüleri-
ne adanmıştır.

1.

eğer bir gemi demirlemişse boğaz'da
    dolmabahçe önlerinde
sen böyle gemiler düşün sabahlara kadar
hep yorgun gemiler düşün
    uykusuz gecelerinde
dahası var
pencereler ağarsın
    tan yerleri ağarsın
        taze bademler gibi ağarsın
        bırak
uyunmaz çarpıntılı telaşlı uykularında
akrepten yelkovana gidip geldikçe gözlerin
silahlar çatladıkça kulaklarında
    sen hep böyle düşün taşın
    beni düşün hep
    silkilmiş bir dut ağacı kadar hüzünlü yalnız
    tek başına bir servi kadar
        kıpkızıl bir bozkırda
            hırçın bir bozkırda aç ve çırılçıplak
tan yerleri ağarsın uğultularla

bırak
    yıldızlar bir çiçek yağmuru halinde dökülsünler
sen hep böyle düşün taşın
beni düşün hep
    özgürlüğe yürümüş yolundan kalmayacak
    mayıs öğrencilerini

sabah gazeteleri getirsin
    ölüm haberlerini
kanla ıslanmış çocuk gözlerini getirsin
beyazıt meydanı'nda dövüşen istanbul.üniversitesi'ni
    düşün ki sen
    bütün ihtilalci rüyaların içindesin
        bir an için
        o ilkbahar rahatlığından sıyrıl
        leylakların eflatun mutluluğunu
        toprağın umutsuzluğunu
            unut
    etrafında ne varsa hepsini birden unut
    ne varsa küçük ve basit
    kendi şahsına ait
sonra ya hışım gibi rüzgâra karşı yürü
eski muhariblerin kızılay'daki gösterisinde
    ya uzun
    mükemmel söylenmiş bir şiir gibi
    büyük seferler yapan bir uçak gibi yorgun

en gazeteci gözlerinle gülüver
        mapusane hücrelerinde
            bulut bulut
    yahut
    bir ekvator ormanınca sık
ılık denizlerdeki buzdağları kadar seyrek
    umutlarının üzerine titreyerek
        bir ihtilal gibi yaşamaya alıştır kendini
yâni
bu her şeyden evvel
    şu ahmed şu mehmet kalabalığını
    şu ölümsüz şu hepimizin ömrüne bedel
    şu kırk haramilerin elindeki vatanı
nadas yağmurları gibi hakkıyla sevmek demektir
harcanıp
        karşılık beklemeyerek
işçinin hakkını işçiye vermek
köylünün hakkını köylüye
        ve eğer sahiden
        dölün kadar seviyorsan bu memleketi
        kırk haramileri sürüp çıkarmak anlamına da gelir
        aynı zamanda bu 'harim-i ismeti'nden
unutma ki sevmek
yalnız kelâm değil, gerçek mânada bir faaliyettir
bir tutmak korumak ve kurtarmak faaliyeti
ve bunların her birinden
        aynı miktarda sorumlusun

şimdi küfürlerin mısra mısra gezindiği
şimdi bu kan sabahının utanç verici karanlığında
istanbul'un üstüne kirli yıldızlar düşerken
içinde ürpermeler büyümüyor mu
       yosunlar gibi soğuk ve parlak yeşil
varıp sonra baktıkça pencerenden
acı ve tuzlu dağların dibinde mütevekkil
kerpiç damlarımızı görmüyor musun
       halkımızı görmüyor musun
       bir kin damlası gibi masmavi gözlerini
              yüksek fırınlarca harlı saygılı göğüslerini
       omuz başlarını görmüyor musun
hele unutulmanın kapkara yalnızlığına
salıvermişsen onları
ihtiyar beygirleri talihlerine terkeder gibi
       salıvermişsen
              uçsuz bucaksız ovalara doğru
yazmayı öğrenmemişlerse
öküzlerin ıslak nefesleriyle giriyorlarsa
marsık uykularına
       sorumluluk zaten yeterince büyüktür
       ve sorumluluk kadar büyüktür
              senin bu sorumlulukta hissen

sabahlar açıldıkça ölüler sanki büyür
harbiye'den uçurulmuş umutlar gelir seni bulur
bir damla yağmur düşer kirpiklerine
parlak
senin olmaktan çıkar bu kadar gecelik rüyaların
büyük kıvılcımların sevinciyle gökyüzünü dolaşarak
ansızın özgürlük şarkılarına başlarsın
her zamankinden başka mânalar kazanır
ansızın insanlar
     dünya ve yaşamak
sen yine düşün taşın
beni düşün hep
     hürriyetin kendisi kadar mağrur
     bir yağmur hazırlığı kadar muhteşem
     bermutad
biz ki ellerimizle türkiye'yi kurtarmak azmindeyiz
bugün elbet şiirlerim
     mitralyöz kuşakları gibi saklı durur
     şafaklar donanırken elbet ki yarın
        paldır küldür vatan dağlarında
           bir roman gibi kurşuna diziliriz
           feryat feryat

özgürlüğü ve barışı istedik diye yalnız
meydanlarda öylece kurşuna diziliriz
buna rağmen
kulaklarındaki cehennem seslerine rağmen
içinde hâlâ şüpheli bir nokta kalırsa
eminim ki kabahat evvel ve âhir senindir
sen ellerinle bir vatan kurmaktan kaçıyorsun
hünerli ellerini hırsızlara saklıyorsun sen
sorumlusun

2.

öfkemiz kanlı bir bayrak gibi bu akşam
parmak uçlarımızda delik deşik ilkbahar
delikanlı yapraklar terlemiş
şehrin damları üstünde bir yangın kızıllığı
bulutlarda aykırı pırıltılar
ve bir şileb demiri gibi içimize işlemiş
simsiyah
     silahların insafsızlığı

yelkenlerim çırılçıplak
     rüzgâra çıktım bu akşam
süngülerle bilendi mısralarım
radyoda şarkı söylüyor
     karanlık saçlı türk kızı
yapraklar dökülüyor sanki şarkısı
gidenler dönmedi
     gözlerim çürüdü yola bakmaktan
ağlıyor karanlık saçlı türk kızı
     ağlıyor vatan

işte soyundu döküldü istanbul şehri'nde bahar
istanbul şehri'nde
menekşe gözlü yağmur bulutları
dağlarda büsbütün köpürdü papatyalar
kana bulanmış öfkemiz
kana bulanmış rüzgârın kanatları
ankara'da yağmur yağıyor
ankara'da
yağmur altında ölülerimiz
mustafa kemal'in korkusu yok
ihtişamla gelecek günlere bakıyor
bir demet karanfil güzelliğinde türkiye geceleri
yumrukları sıkılı ve fabrikalar
ve kıvılcımlı çocuk bahçeleri

beyazıt meydanı'nda elleri türk çocuklar
heyecanlı bir ateş yakmış
        kan çiçeği kırmızı
oğul vermiş arılar gibi geçiyor caddelerden
geçiyor bulut bulut
    istanbul'da yüksek tahsil talebesi
        derslerini bırakmış
            kan çiçeği kırmızı
nefes alıp verircesine yine akşam oluyor
birazdan yıldızlar söylemeye duracak
    şarkımızı
        istanbul'da yıldızlar
            kan çiçeği kırmızı

ankara içlerinde bir adam yaşar
ankara içlerinde anıtkabir'de
    sarışın başkumandan
mavi bir kalpak gibi geçirmiş başına
    gökyüzünü
rüzgâra verir rüzgâra
       kuvayı milliye rüzgârına
          hürriyetli türküsünü
ankara içlerinde garnizonlarda
ordunun ve donanmanın erleri
kurmaylar ve subaylar
    gözleri saatlerine saplı
       son emri bekliyorlar
          besbelli yine o'ndan
ankara içlerinde bir adam yaşar
ankara içlerinde anıtkabir'de
    sarışın başkumandan

ılık bir imbat tuzluluğu gözlerimi sardı bu akşam
gözlerimi bu akşam ateş serpintileri
bu akşam
    mermilerden örülmüş istanbul şehri
gökyüzüne bakmak gibi içimde bir his
daracık bir pencereden gökyüzüne bakmak gibi
içimden bir his dünyayı kucaklamak gibi
ve kulaklarımda
    kıldan ince kılıçtan keskin şarkısı
        kuvayı milliye rüzgârının
sonuna vardı birikme
    artık yeter
        sıçrama başlasın

3.

ellerimizi bağlıyorlar paşam
parçalayıp ellerimizi
        kan içinde kurtarıyoruz
dünya yine dönüyor sabah akşam
gözlerimizi bağlıyorlar
        kör ediyorlar
gece şimşekleri gibi yaşıyoruz

daha parmak kadar çocukken paşam
mapuslara sokuyorlar bizi
        bir fidan kadar çocukken
        bir çiçek kadar
                karanlık karanlık mapuslara
sonra tutup dilimizi bağlıyorlar bizim
tepeden tırnağa silahlı karakollar
        ardında karakollar
                her söylediğimizin

kollarımızda taşırken de
köpek dişleri gibi o kelepçeleri
    gülerken de ağlarken de
biliyoruz ki bir türkiye hazırlanıyor
çekirdek çatlayıp sürecek
budanmış ağaç budak yerinden sürecek
    ölmeyeceğiz
    biliyoruz ki ölmeyeceğiz

dünya yine dönüyor sabah akşam
dağlar süt mavi bir ışıkta tertemiz yıkanıyor
biliyoruz ki elimizi de bağlasalar
    dilimizi de bağlasalar
kurtlara da atsalar bizi kurtlara da
göğüslerimizi yarıp
    gencecik yüreklerimizi de çıkarsalar
ölmeyeceğiz
    biliyoruz ki ölmeyeceğiz paşam

4.

yalnızım
    karanlıklar tüküren kahrolası bir denizde
    serseri bir mayın kadar
yalnızım
    sizler de olmasaydınız sen de olmasaydın
    ya siz de olmasaydınız ya siz de
    toz topraklı bir rüzgâr telaşıyla
        etrafımı alıvermeseniz
    sesleriniz
        güleç çocuklar gibi gelivermeseler
    ya öfkemiz de olmasaydı
        zulmün körüğüyle üflediğimiz
           ya öfkemiz de
bilmem ki ne yapardım

yalnızlık şeytana mahsustur
ben hiç yalnız kalmadım
ilkbahar bu
yağmur yağdığı olur
    güneş açtığı olur
limanda bir geminin demir saldığı duyulur
o saat yanıbaşımda olduğunuzu anlarım
ulu bir nehrin için için akması gibi
    için için türküler söylediğimiz olur
    gazi sakarya'nın akması gibi
şanlı sakarya'nın
istiklâl marşı'nı ve plevne şarkısını söyleriz
mustafa kemal'in dağ başını duman almış şarkısını
sonra şiir faslı gelir
    namık kemal'den nâzım hikmet'e uzanan
    koskoca bir kervan

hem bir kere yalnızlık ne demek
bu kadar milyonla bir
        haksızlığın ekmeğini paylaşırken
bu cehennem sofrasında kadın erkek
saçının her teli var ya her teli
saçının her telinde
        milyonlarca yürek taşırken
                isimlerini bilerek bilmeyerek
yalnızlık ne kelime
ellerimiz dirseklerine kadar kana gireli
durduğumuz yerde durabiliyor muyuz
hem nasıl oyuna gider gibi gidiyoruz
        barışı kazanmak için savaşa

hürriyeti kazanmak için ölüme
mayıs'ı yarıladık
yarın öbürgün yaz çalacak kapımızı
açık pencereler gibi
belki hür yaşayacağız
yeni kayıplarla gireceğiz belki kışa
demek hapistekileri hatırladık
sakalları gelmiş
gözleri bir aydınlık
tuzla buz ettiler parçaladılar
yalnızlığımızı

ürkütür bir vapur merhabası akşam karanlığını
yıldızlar kendiliklerinden çıkıp geldiler
bak safa geldiler
     silahlar vesaire o kadar da mühim değil
     içimdeki çevremdeki bu büyük kalabalık
     bu şenlik dağılmayacak
ben ölsem
beni dağbaşlarına tekbaşıma gömseler bile
     ben hiç yalnız kalmayacağım
     bizim taraftan hiç kimse yalnız kalmayacak

hacı murad'ın ölümü

hacı murad'la öldük eski kafkasya'da
ihtiyar cugaşvili santur çalıyordu
ne çaldığı zaten anlaşılmıyordu
oğlu belki o saat asılıyordu
şarap patlak vermişti isyan masada

atlas gömlekleri boyundan ilikli
sabahlara kadar hançer dokuyanlar
mezmur okuyarak duvar duvar
dudaklarında karanlık ilkbahar
gözbebekleri çelik çekirdekli

çalarak getirdiği korkak tatarların
bakunin yazması kitaplarından
dinamitler yürür bakû sokaklarından
siyah bir toz olur doru kısraklarından
öfkeli kazakları II'nci nikola'nın

ölmek fısıldadıkça son semaveri
bulutlanır çay kristal fincanda
ıslıklar gizlice bilenir zindanda
bir ustura çizgisi azerbaycan'da
hacı murad'ın üzengileri

orient – express

bu işi bitirmek birkaç telefon sonra
tren saatlerini üst üste çizerek
    sanki bir filmden hızla tiksinerek
    gözlerini dağıtmak şuna buna
sabah karanlığında sipsivri meme ucu
göz bitimlerine ölü geceler çekmek
    alkol solumalarıyla birkaç yüz köpek
    prenses yerinden böler uykuyu
gebermek meraklısı gravür ateşçiler
dalgalara düşüp nasıl silkinerek
    dövmeli kolları adamakıllı tüfek
    platin dişleri pahalı mermiler
sanki içimsıra bir ateş söndürüyorum
dakikada bir yüzüme tükürerek
    birtakım kadınlarla geriye çekilmek
    kabımı çatlatınca toplumsal yoğunluğum

son tren kalkıyor içimin garlarından
rimbaud güzelliği her yerine sinmiş
　　yataklı bir vagonda zinovyef delirmiş
　　ustura biliyor dudaklarından
nasıl dokundukça parmak uçlarıma
en koyu zindanlar saygıyla genişlemiş
　　iki siyah padişah zar zor yetişmiş
　　özgürlük kapısında dördüncü idamıma
haramiye benzetmek sonraki şehirleri
çocuk masallarından usulca getirilmiş
　　saçlarını kesince ne kadar belirmiş
　　doktor sabiha'nın luxembourg gözleri
sanki içimsıra bir resim seyrediyorum
çakı uçlarıyla mı etime çizilmiş
　　bir okyanus içsem bitmeyecekmiş
　　delirmeye yakın bedevî susuzluğum

tutuklu bindirilmiş rasputin sakallılar
hırsız irkilmeleriyle ansızın geriye
   saatli bir bombadır hızlanır işlemeye
   belgrad grisiyle çarpıştı mı vagonlar
sonbahar aynalarda yapraklar döküldüğü
nehir rıhtımlarına savrulmuş ölesiye
   hırvat çobanlarını dinleye dinleye
   yanlış bir korkuya düşmek gürültülü
graham green'den son yüz on sahifenin
heyecanı gerilmiş üçüncü mevkiye
   ömer haybo kendini vurmasın diye
   uykularını çalmış biletçilerin
sanki içimsıra bir gemi kaldırıyorum
balina güzelliğinde bitmeyesiye
   şiirler çıkarıp öncüden öncüye
   çoğalsın diyerek magellan yolculuğum

sınır karakollarında belki daha şapkalı
daha kaçak pasaportlu yahudiler ki
    remarque romanlarına girecek belki
    adagio üzerine o kadar tasalı
yüzlerini araması eski prusyalıların
yağmura rastlamış hani ter içindeki
    mitralyöz gözleriyle tanenberg harbindeki
    lacivert camlarında kompartımanların
kravatlı bir kadın cinfiss'le başkalaşan
hiç kadar kaşlarıyla 930'daki
    en müthiş elektrik huysuzluğumuzdaki
    asılmış de nerval'in ağzında pıhtılaşan
sanki içimsıra bir it zehirliyorum
ömer haybo'dan fazla ünlem biçimindeki
    ödenmiş içmeksizin kadehindeki içki
    bileti iki kere satılmış biliyorum

çapraz kemanlarının hiç sabah olmadığı
şarab yalnızlığını derinlemesine
　　gauguin gibi çekip vagon penceresine
　　herkesin nedense deli sandığı
yeni bir kan vermek beşinci senfoni'den
cezayir diyezleri özgürlük cephesine
　　en uzaklardaki asya sömürgesine
　　bambaşka silahlarla bambaşka bir beethoven
ölümden önceki o birkaç dakikanın
yaşamaklar sığar erkek güzelliğine
　　kaç feza yolculuğu atmosfer ötesine
　　sapa duygularıyla bir tren kaçırmanın
sanki içimsıra bir volkan hazırlıyorum
yeni bir gök arayan ejderha öfkesine
　　belkâsım akşamları birbiri üzerine
　　habeas corpus ad subjuciendum

mâhur sevişmek

bunca ağır mehtâba tahammül mü kalır
biraz su lûtfeyleseniz sultânım
    âsûde yaz akşamında çamlıca'nın
    derûnumdaki hâlâ o mâhur şarkıdır
cepheden döndüğüm günlerdi sanırım
ne kadar meyyustum farkına varmışsınızdır
    bulunmaz güzelliğiniz bugün bile aklımdadır
    bir hilâl zerâfetiyle mahçup ve yarım
derûnumdaki hâlâ o mâhur şarkıdır
hem çalıp hem söylemiştiniz hatırladığım
    müvesvis aydınlığında titrek şamdanların
    istanbul sanki bu şarkınızda saklıdır

o hangi bahçeydi ki bir kânun yankılanırdı
yıldızlara uzanmış ıhlamur dallarından
    beyhûde istanbul'un yıkılmış saltanatından
    semâda gizli gizli bir yangın hazırlanırdı
yabancı bir yalnızlık herhalde galiçya'dan
içinde ölülerin usulca yaşadığı
    büyük rüyalar gibi bileklerime bağlı
    ney fısıltılarıyla o mâhur şarkıdan
işgâl zabıtasının günlerdir aradığı
yüzbaşı ferid bendeniz mülgâ beşinci fırka'dan
    dalgın bir silah gibi boşlukta her zaman
    kaygılardan sıyırıp şarkınızın kurtardığı

mazûrum sultânım aşkımız yoksunlar aşkıdır
belki mâhur sevişmek böyle uzaktan uzağa
    siz bir fecir hazırlığı müthiş gecemde adetâ
    fikrimde her hâliniz yer etmiştir bambaşkadır
bir kılıç tadı yok mu karanlığın tadında
yıldızların aktığı süvari mızraklarıdır
    vahşi vahşi parıldayan ayrılık saatıdır
    ellerinizle büyümüş efsanevî kânun'da
zannım bu ki bu mehtâb sonuncu mehtâbımdır
sonuncu sevişmemiz âsûde çamlıca'da
    bir mermi çizgisiyle her şey yıkılsa da
    derûnumdaki hâlâ o mâhur şarkıdır

ferdâ

belki bu son gecemiz doktor sabiha'yla
   nasıl en uzaklarda çalınan eski plaklar
   ne kadar da kalabalık hanımelleri
   ve böcek çıtırtılarıyla alabildiğine genişleyen
      ne müthiş bir gece
saygılı nasıl saklı bir ışımayla
yorgun miyop gözbebekleri
korkuların bir başka yerinden
bir başka sabah olmaya başlayacaklar
   gözlük camlarında şimdiden
      kaynaşıp duran ışık çekirdekleri
         bir mavzer namlusu gibi ince
            bir mavzer namlusu kadar kesin
               ve yüzlerce bin
bir türlü bitmiyoruz ki doktor sabiha'yla
mısralar çoğaltıp fikret'in öfkesinden
bizi ve gecemizi zenginleştiren
   sonra bir benim bir onun dudaklarında
      jöntürk komitası'ndan kim bilir kimin
      paris'te söylediği sûzidilârâ türkü
         hürriyet gazetesini elleriyle dizerken
            şafakta öfkeli kararların büyüttüğü

üstelik sarmaşıkların altında
tamburların iç titreşimleriyle gittikçe derinleşen
tamburi cemil bey karanlığında
     kırbaç gibi bir mektubuyla girmedik mi geceye
        sadr-ı âzâm midhad paşa'nın
           zât-ı şâhâne'ye
beşiktaş'taki eski bir konağın
en osmanlı
   en sûzidilârâ saatında
      üstelik sarmaşıkların altında
"… fevkalâde riayetim vardır
zât-ı mülûkânelerine bendenizin
    ancak padişahım
    muzır olan en ufak hususta bile
      menafiine milletimizin
    itaat etmekte mâzurum size
    nizam nedir bilir misiniz
    usul-ü meşveretle idare olunan bir millette
tafsile hacet yoktur padişahım
    mesele bendenize emniyette

rical-i milletten de emin olunuz
dokuz gündür mâruzât-ı mukaddemeyi
is'af etmemekte devam ediyorsunuz
bina-yı devleti
tâmire çalıştığımız bir sırada
yıkmak istiyorsunuz diyebilirim siz
padişahım âdeta
eğer bu eshaba mebni
beni serkârdan azlederseniz..."
tamburi cemil bey'den ürkek beyaz ferâceler
doktor sabiha'nın ve iç gerginliği
bu arada
gazel tarzında bir dersaadet ki ziya paşa'dan
aruz vezninde telkâri minareler
ve mahyalar
ve mahyalar mefâilü fâilün

öylesine utansak
gece sisleriyle yüklü öylesine küskün
üstüste birkaç yüz beyazıt meydanı'ndan
   yine silah sesleri duyar gibiyiz
      uzak ve uzak
sıkıyönetim tebliğlerinde bu kaçıncı gün
yürüyün çocuklar
   siz bizi göremezsiniz
      çünkü sizin gözleriniz bizim gözlerimiz
   çünkü sesinizde deprem sesleri var
   bizim sesimizden
sözün gelişi ben keçecizâde irfan
mekteb-i tıbbiye'nin üçüncü sınıfından
hürriyet kıdemlisi
   mühendishane-i berr-i hümâyûn'dan
   halil cebel-i bereket
   bendeniz

topkapı'lı cevdet
ikinci mim mim grubu'ndan
   üç yüz otuz altı senesi
   teşrin-i sâni'nin yedisinde
      anadolu'ya iltihâk eyledik
      üç dâr-ül-muallimin talebesi
   mekteb-i harbiye derseniz
ben mustafa kemal
   selânik
yürüyün çocuklar
siz bizi göremezsiniz
büyük yumruklar gibi sıkılı içinizde
gizli bir yerinizdeyiz
çünkü sesimizde deprem sesleri var
   sizin sesinizde
çünkü sizin gözleriniz
   bizim gözlerimiz

yürüyün çocuklar
siz bizi göremezsiniz
nasıl ki doktor sabiha
şimdi hem büsbütün sultanahmet mitingi'nde
    hem sûzidilârâ bir beste içinde
        hem silah seslerine katılıyor
            böyle uzaktan uzağa
        bir mavzer namlusu gibi ince
    bir mavzer namlusu kadar kesin
ve yüzlerce bin
eminönü meydanı'nda beyannâme dağıtıyor
kürd mustafa sehbalarından inmiş adamlar
boyunlarında ipleri
öylece
    gece bir yerde zor
   önemli değil bir yerde güzelliği hanımellerinin
râ bıyıklı felâh-ı vatan zabitleri
        değil mi ki durduğu yerde duramıyor
          ve değil mi ki ellerinde silahlar
            ve silahlar feilâtün feilâtün

kıvılcımlar üreterek
    tuzparça dağılıyor
        sûzidilârâ üstüne
            sedef kakmalı udlar
günlerce yine boğaziçi
    edebiyat-ı cedide bulutlar
"sarmış
    yine âfâkını bir dud-i muannid
        bir zulmet-i beyzâ ki peyâpey mütezayid"
bir doktor sabiha ki
çarpa çarpa açılan duvarların getirdiği
kelepçe sıtmalarından dehşetli sararmış
dehşetli dalgalanan
    en köpek karanlıkta en büyük sular gibi
        utların şeyh-ül islâm titremeleriyle
            avuçlarında mısralar ve arap harfleriyle

"her uzvu girdibâd-ı havayiçle sarsılan
bir neslin oğlusun
        bunu yâd et zaman zaman
            asrın unutma bârikâlar asr-ı feyzidir
                her yıldırımda bir gece
                    bir gölge devrilir
bir ufk-u itilâ açılır yükselir hayat
yükselmeyen düşer
        ya terakki ya inhitat"
nasıl mızrab uçlarıyla tel tel çizilir
sultan reşad gecesine tir leylim terelâ
servet-i fünun mecmuasından fildişi sahifeler
        damad-ı hazret-i şehriyâri enver paşa
            ve bâbı-âli baskınında bindiği at
                ve paldır küldür fedaileriyle
                    ve ilâhiri
                        ve ilâ

ne kadar çok sabiha tanzimat'tan beri
utların şeyh-ül-islâm titremeleriyle
silah seslerine yatkın tir leylim terelâ
dudaklarında mısralar ve arap harfleriyle
     "bir devr-i şeamet
yine çiğnendi yeminler
   çiğnendi yazık milletin ümmid-i bülendi
   kanun diye topraklara sürtüldü cebinler
   kanun diye
      kanun diye kanun tepelendi"
katılır şadırvanlar boyunca su şarkıları geceye
üçüncü selim'den santurların biriktirdiği
öksüz bakışlarıyla gezindikçe neyler
çocuk ıslıkları gibi temiz iyi
   hadi gelsin tâif zindanları bismillâh sürüldüğün
     çıplak cellâtları ve yağlı kementleriyle
        duvarlarında mısralar ve arap harfleriyle
           mısralar müstef'ilün müstef'ilün

silah okşamalarıyla yarınlara götürdüğün
öyle müthiş bir gece ki omuzların sıra
yankılanır tir leylim terelâ kubbelerinden
   1900'lere özgü revolver öksürükleri
     fikret kafiyeleriyle mısra mısra
    parıldadıkça çığlıklar ışıldaklar gibi
      simsiyah meydanların en dip çizgilerinden
       öğrenci kasketlerinin öldürüldükleri
bir türlü bitmiyoruz ki ama doktor sabiha'yla
bir yerde benim
    doksan beş'e doğru yıldızlara yükselişim
bir yerde onun tarih-i kadim gözlükleri
    karardıkça kararmış eski plaklar
      üçüncü selim'in sûzidilârâ bestesi
       hani bambaşka bir gökyüzü saltanatıyla
       tir leylim terelâ
       terelâ

meraklısı için
notlar

(o yaz, izmir'deyim: zübeydehanım caddesi'ndeki sakız biçimi evimiz, henüz yıkılmamış; akşamüstleri, arka bahçede çay içiyor, geceleri, yeni bir paris yolculuğunu kuruyorum. bir öğle vakti, telefon: istanbul'dan şükran (kurdakul) arıyor, *ben sana mecburum*'un başarısından cesaretlenmiş olacak, önümüzdeki mevsim için yeni bir şiir kitabı yayımlamamızı istiyor. aslında böyle bir tasarım yoktu. o halde niye derhal kabul ettim? bunu sonradan düşünmüşümdür. sanıyorum, bir yayıncı tarafından ilk defa böyle açık seçik bir kitap isteği ile karşılaşıyordum, bu beni heyecanlandırmıştı. *belâ çiçeği*, bu istekten doğdu.

şiir kitabı yayımlamadığım uzunca dönemin bütün şiirlerini, *ben sana mecburum*'a sığdıramamıştık. arada geçen zaman boyunca başka çalışmalarım da olmuştu. besbelli, daha da olacaktı. öyle ki, sonunda *yağmur kaçağı*'nın *sisler bulvarı*'yla içten organik bağlantısı gibi, *ben sana mecburum*'la içten organik bağlantılı bir kitap meydana çıktı. bence *belâ çiçeği*'nin önemi, 1950'ler boyunca sürdürdüğüm bir şiirin son örneklerini olduğu kadar, 60'lar ve 70'ler boyunca sürdüreceğim başka bir şiirin ilk örneklerini içermesindedir. *sisler bulvarı* ile başlayan bu dönem, *belâ çiçeği* ile sona eriyor, ucu *böyle bir sevmek*'e kadar uzanacak yeni bir dönem başlıyordu.

gerçekte, bitmek ve başlamak kelimelerini kullanmak, bilmem doğru mu? oldum olası, şiirimdeki çeşitli damarları, çeşitli dönemlerde ele almış, geliştirmeye çalışmışımdır. zaten asım bezirci de, *belâ çiçeği* üzerine sonradan yazdığı bir yazıda, bu noktaya şöyle işaret ediyordu:

"attilâ ilhan'ın şiiri hem çeşitli, hem de belirli yönleri olan bir şiirdir. şairin durumuna ve ilgilerine göre bu yönlerden bazen biri öne geçer, bazen öbürü, fakat hiçbiri bütünüyle silinmez. ilk kez 1962'de basılan *belâ çiçeği* buna iyi bir örnektir. gerçekten de, *'cinnet çarşısı'* ile *'belâ çiçeği'* başlıklı bölümlerdeki kimi şiirler, *sisler bulvarı, yağmur kaçağı* ve *ben sana mecburum* adlı eserlerindeki kimi şiirlere bağlanabilir. her ne kadar *belâ çiçeği*'ndeki deyiş biçimi özgür koşuktan ölçülü koşuğa doğru uzarsa da, birtakım temlerin az buçuk değişerek süregeldiği gözden kaçmaz. öteyandan kitaptaki *'mahûr sevişmek'* bölümü de 1968'de yayımlanan *yasak sevişmek*'teki *'şehnaz faslı'* bölümüyle soydaş sayılabilir. her iki bölümde de geniş ölçüde divan şiirinden esintiler bulunur ve toplumculuk eğilimi üste çıkar. divan etkisi taşımayan *'yarının başlangıcı'* adlı uzun şiirde ilhan'ın 27 mayıs öncesi özgürlükçü hareketlerle yalnızlık ve bunaltıdan sıyrılmaya yöneldiği, inançlı mutlu bir havaya girmek istediği görülür. bastırılmış toplumcu özlemleriyle çevresindeki olumlu kıpırdanışlar arasında iyimser bir bağ kurmaya ve kişisel sıkıntılarını unutmaya çalışır. hareketli, ahenkli, imgeli ve duygulu bir anlatımla yürüyen şiir, yalnızlıktan koparak, kütlelerle birleşme çağırısıyla ve umutla biter."

belâ çiçeği'nin kitap olarak talihsizliği –tıpkı *yağmur kaçağı* gibi– ikinci basımının yerleşik bir yayınevince değil, yayıncılığa heveslenen bir dağıtım firmasınca yapılmış olmasıyla başladı. o sıra izmir'de gazetecilik ettiğim için, sorunu pek ince eleyip sık dokuyamadım; oysa o firma sonradan yayıncılıktan vazgeçiverince yayımladığı kitaplar öksüz kaldı, iyi dağıtılamadı, ortalıkta görünmedi, bu yüzden de yeni basımlar gecikti. şimdi, üçüncü kez okurun karşısına çıkıyor, umuyorum ki gözden kaçmış bazı önemli özellikleri bu kere daha iyi farkedilecektir.)

belâ çiçeği

bu bölümün içerdiği şiirler, *ben sana mecburum*'daki '*askıda yaşamak*', '*tension a smyrne*' bölümlerinin içerdiği şiirlerle türdeş sayılabilir: aynı savaş ertesi yıllarının gerilimini yansıtmış, ülkemizdeki siyasal baskı ve soğuk savaş umutsuzluğunu işlemiştir. arada *imkânsız aşk* çerçevesine girebilecek olanları da var. yıllar sonra global olarak bakıyorum da, 40 ve 50 yıllarının, şiir bereketinde, gerilimin, acının, korkunun ve umutsuzluğun, giderek kaçış özleminin ağır bastığını görüyorum. yalnız bu kaçış özlemi, bireycilerde olduğu gibi sorunlardan uzaklaşmak biçiminde değildir, tam tersine, şair bir yolunu bulup kendisini eylemin somutlaştığı coğrafyalara atmak ister. ya da, toplumsal eylemin kaynaştığı, tarihsel bir dönem bulur, yerleşir.

/ aysel git başımdan /

televizyon'daki *çalarsaat* programında okuduğum andan itibaren yaygınlığı birkaç katına çıkan bu şiir, yayımlandığı günlerde de sevilmiş ve tutulmuştu. başarılı bir imkânsız aşk şiiri olduğunu düşünürüm. işin bir toplumsal yanı da olsa gerek, o yıllardaki baskı ortamında toplumcu şairin olayın dışındaki bir genç kadınla ne büyük yabancılaşma içinde olduğunu çiziyor. aysel'in kim olduğu, hele tv programından sonra, çok sorulmuştur. aysel bir roman kahramanı. meraklısı *kurtlar sof-rası*'ndan geldiğini çoktan bulup çıkarmıştır. bir ara *yaraya tuz basmak*'ta da görüldü. (*a. aksan* fransızcaya çevirdi, *b. ilhan* klibini çekti.)

/ sen benim hiçbir şeyimsin /

şiirin ilginç bir öyküsü var: o yıllarda, özellikle iz-mir'de, bazı genç kızlar, telefonla beni arardı. kimisi adı-nı verir, kimisi vermez. bazısıyla kültürpark'ta ya da kar-şıyaka'daki bir deniz kahvesinde buluşuruz, söyleşiriz. bazısı 'meçhul' kalmayı yeğler, sadece telefonla söyleşir. şiir işte bu sonuncu türden bir ilişkinin etkisiyle yazıl-dı. kim olduğunu hâlâ bilmediğim o genç kız, en çok da geceleri beni arar, sıcak, biraz kırık sesiyle, dakikalar-ca konuşurdu. ben de konuşurdum elbet. allah bilir ona neler anlatırdım. derken, dönüp dolaşıp onun be-nim neyim olduğu sorusuna takıldık, sıcak bir yaz ak-şamı gibi hatırlıyorum, sen dedim benim hiçbir şeyim-sin. sonra bu yeni şiirin ilk mısraı oldu. bitirip ona okuduğumda, adamakıllı içlendiğini hatırlıyorum.

kimdi dersiniz? (*a. kaya* besteledi ve okudu.)

/ gecenin kapıları /

yaz yağmuru gibi birden bastıran şiirlerden. izmir'de-yim. akşam, herhalde sonbahar, şehrin ışıkları birden yandı, eflatun hafif nemli bir karanlık körfez'in üzerine da-ğılıyor, pasaport'tan konak iskelesine yürüyorum, vapur-la karşıyaka'ya geçeceğim: şiirin ilk mısraını ta içimde duy-dum, iskelede, sonra vapurda, mısralar birbirini izledi, öy-le ki eve geldiğimde iş şiiri kâğıda dökmeye kalmıştı.

sevdiğim şiirlerimdendir. (*b. ilhan* klibini çekti.)

/ nada nada y nada /

bu da izmir şiirlerinden. karşıyaka'daki ev, serüven aralarında bana bir sığınma limanı görevini mi görüyordu ne? gelir bir zaman kalırdım: yaşadıklarımı hatırlar, yaşayacaklarımı tasarlardım. bu arada kitap filan okuyorum tabii. *georges arnaud* diye bir fransız yazarı vardır ya, hani *korkunun bedeli* adlı romanından yapılan film çok beğenilmiştir. işte o yazarın yeni bir romanını bulmuştum, onu okuyorum: '*les oreilles sur le dos*' şiirin adının oradan geldiği kesin, içeriği daha çok bir önceki şiirin havasına yakın. (*p. bruveris* letoncaya çevirdi.)

/ nun nun /

şiir ilk yazılışında başka bir ad taşımaktaydı, bir kadın adı, sonradan sakıncalı görüp değiştirdim, nun nun dedim, yine de bir kadına yazıldığı açıkça bellidir. herkesin hayatında, birden sevdiği birisiyle yeni bir yaşamaya başlayabileceği hissinin doğduğu anlar yok mudur, şiir bu anlardan birini anlatıyor. şair, sevdiği kadının geçmiş yaşantısını eleştirip, gelecek yaşantısına uzanışını övüyor. oysa zarlar çoktan atılmıştı, ne o yaşama biçimini değiştirebilirdi, ne ben. şiir, senelerin ötesinden bana, tam anlamıyla bir şair hayali olarak görünüyor. yine de güzel bir hayal.

/ şubat yolcusu /

gecenin kapıları ve *nada nada y nada* ile türdeş bir başka şiir. işin ilginç yanı, yazıp bitirdikten sonra, uzunca bir zaman şiirin tam anlamıyla bitmediği duygusunu içimden atamayışım. hep sanıyorum ki başka mısralar, başka kıtalar gelecek, en azından *yorgun serüvenci* filan boyunda bir şiir olacak. hayır, yanlış sanıyormuşum, bir yıl bekledikten sonra, şiirin bu haliyle bitmiş olduğunu kabul etmek zorunda kaldım.

/ büyük leylâ /

büyük leylâ'nın nasıl olup da romanlarımdan birisinde yaşamadığına hâlâ şaşarım. dört dörtlük bir attilâ ilhan romanı kahramanı. beni uzun süre rahatsız eden bir tip. senaryosu sürekli gelişiyor, o kadar ki, bir süre sonra *büyük leylâ'nın sonu* diye ikinci bir şiir yazıyorum. olağanı, tıpkı aysel ya da ibrahim cura gibi, büyük leylâ'nın da *kurtlar sofrası*'nda görünmesiydi. hayır, görünmedi. sadece şiirlerde kaldı. kim bilir, belki de sırasını bekliyor.

/ eksik /

bu şiirden dolayı, izmir'li kızlar, hâlâ daha bana serzenişte bulunurlar. hangi psikolojiyle yazdığımı tam çıkaramıyorsam da, o sıralar düşüp kalktığım bazı izmir'li kızların, şu ya da bu nedenden, beni hayal kırıklığına uğratmış olmalarından doğduğunu kestirebiliyorum. aslında bu doğaldı. istanbul ve paris gerçeğini, hele bu şehirlerin özel sayılabilecek bazı çevrelerindeki hayatı yaşadıktan sonra, çoğu deneyimsiz izmir'li kızları 'eksik' bulmama şaşılır mı?

kim bilir belki de bu eksiklik 'mazhariyetlerini' oluşturuyordu.

/ ibrahim cura limited /

kurtlar sofrası'nı kim okuduysa, ibrahim cura'yı bilir. romanın en ilginç tiplerindendir. sonradan, bir ara televizyon için dizi olarak çekilmesi söz konusu edilmişti ya, senaryo üzerinde çalışırken, yönetmen ve oyuncuların da, tipi son derece 'câzip' bulduklarını görmüştüm. bu şiir, aklımda yanlış kalmadıysa, romanın yazılışı sürerken meydana çıktı. tip beni çok etkiliyordu. romanı bitirdiğim halde bu etki daha bir süre devam etti. o kadar ki, bir ara 'ibrahim'in sonu' diye, başka bir roman yazmayı da kurdum. bu romanı yazmadımsa da, ibrahim cura, sık sık, *aynanın içindekiler*'e girmeye niyetleniyor. (*p. bruveris* letoncaya çevirdi.)

/ belâ çiçeği /

saatin, hele boyutları fazla iri tutulmuş, içinden aydınlatılan bir gar saatinin, insana, hayatının gerilimli anlarında nasıl garip göründüğünü, bilenler bilir. alsancak garı'nda, 'mevcutlu' götürülen bir 'siyasi'ye tanık olmuştum. olay beni çok etkiledi. hem adamın, hem kadının, birbirlerinden çok garın saatine bakmaları, ürpertici bir şeydi. şiiri tamamladıktan sonra, 141/142 ile ilgili bir de ithaf eklemiştim başına, kitabı yayımlayacağımız sırada şükran'la başbaşa verip üzerinde düşündük, çıkarmayı uygun gördük. (*a. aksan* fransızcaya, *p. bruveris* letoncaya çevirdi; *gülbeniz* besteledi ve kasete okudu.)

/ beni bir kere dövdüler /

xx. yüzyılın ortalarında, sanatçı aydınlar, sadece fikir ayrılığı yüzünden, en ağır manevi baskılara maruz bırakılmakla kalmamışlar, ayrıca maddi eziyetler de çekmişlerdir. öteki ülkeleri karıştırmaya gerek görmüyorum. sadece bizim ülkemizde, özellikle 40 ve 50 yılları boyunca, sanatçıların uğradıkları gazabı anlatmak kolay değildir. sanatçı, ne kadar eylem düzeyinde düşünmeye çalışırsa çalışsın, daha çok bir estetik adamı; bu da, 'fikirlerinden dolayı' eziyete uğraması halinde, onu çetrefil bir duruma sokuyor. malraux'nun işkence konusunda yazdıklarını hatırlıyorum, diğer ünlü yazarların. ben de, karınca kararınca, bazı şiirlerimde xx. yüzyıl sanatçı aydınının uğratıldığı belâları yansıtmaya çalışmışımdır. *beni bir kere dövdüler*, bunlardan biri. yalnız yazıldığı dönemin koşulları gereği, gerçeküstücü bir deyişle yazıldı. gerilerde bir yerde, imkânsız aşk *thème*'ini farketmek de olasıdır. (*p. bruveris* letoncaya çevirdi; *b. ilhan*'ın *'geç kalmış ölü'* şiir dizisinde klibi yapıldı.)

cinnet çarşısı

cinnet çarşısı, bir bilinçaltı şiirleri çarşısı mıdır? öyle de, denilebilir. başka bir yönden, eğlence endüstrisi gerçeğinin, 50'li yıllarda ve beyoğlu olarak, bir şairin merceğinden süzülmüş görüntüsüdür diyemez miyiz? toplumcu olsun bireyci olsun, türk sanatçıları beyoğlu boheminden etkilenmiştir. kendi hesabıma, 60 yıllarının başlangıcına kadar, bu bohemi sırılsıklam yaşadım. hele askerlik dönüşü tiyatro ve sinema çevresine bulaşmış olmam, yaşama dairemi iyice genişletmiş, gözlem olanaklarımı olabildiğine çoğaltmıştı. saptadıklarımın şiirin sınırlarını zorladığını, romana ya da filme taşma eğilimi gösterdiklerini farkediyordum. yine de, bazı heyecan yoğunluklarının, hayli değişik bir çağrışım şiirine dönüşmesini engelleyemedim. *cinnet çarşısı* şiirleri işte bunlardır. aralarında olumluyla olumsuzu çatıştırdıklarım olduğu kadar, yayımlamaya nihayet karar verebildiğim ilk cinsel şiirler de var. 40'lı yıllar boyunca yaz-

dığım bu türden şiirleri yayımlamadan yırtıp attığımı
başka bir vesileyle belirtmiştim, biliyorsunuz.

/ doktor şandu'nun esrarı /

bu şiirin adı, eski bir film adıdır. doktor şandu kim? ya-
şı elli çevresinde olan sinema düşkünleri belki hatırlar:
galiba *republic picture*'ün otuz kısımlık o tadına do-
yulmaz *serial*'lerinden birinde, bela lugosi'nin (kont dra-
cula'yı, ünlü vampiri de o oynamıştı) canlandırdığı ka-
ranlık bir doktor tipiydi bu, hipnotizmacı filan. küçük
sezar'ın ise *(little cesar)* edward g. robinson'ın oynadı-
ğı bir gangster olduğunu, belki tv'den hatırlayacaksınız.
bunlar da gösteriyor ki şiir, beyaz perde çağrışımlarının
at koşturduğu bir bilinçaltı şiiridir: aklın baskısından kur-
tulmaya çalıştığını *cogito ergo sum*'a (düşünüyorum o
halde varım) boşvermekle belirtmiş; doktor freud'a yap-
tığı atıflar da bilinçaltına yöneldiğini açıklamıştır. ilginç
bir yanı da, şiirin bütününe sinmiş o *erotique* havadır.

/ ikinci cem'in gizli hayatı /

ikinci cem, aslında, erzincan'daki askerliğim boyunca,
bana hemen her gün mektup yazan, cinselliği karmaşık
bir kolej öğrencisi, ilginç bir genç kız. onunla hâlâ te-
şekkürle andığım bu mektup arkadaşlığının ötesinde, bir
yakınlığımız da olmuştu. (bir gece beyoğlu'nda sabah-
lamıştık, *efendi*'den çıktığımızda saat dört olmalıydı,
sonra gittik tepebaşı parkında oturduk, sabah sislerini
sarınarak güneşin doğmasını bekledik.) açığa vurmaya
pek de cesaret edemediği bazı eşcinsel eğilimleri vardı ki,
uzun uzun yazışır, üzerinde tartışırdık. sonradan bazı de-
neyleri olmadı değil. sanırım anlattıklarından çıkar-

mıştım bu şiiri. ruhsal düzeyde gelişen bir cinsel başkalaşmayı anlatmaya çabalıyor. çok örtülü de olsa, cumhuriyet şiirinde, konuyla ilgili olarak yayımlanan ilk şiirdir sanırım. o zamanki koşullar düşünülürse, gerçeküstücü imgelerin ağır basması doğaldır.

/ claude diye bir ülke /

pek kolay anlaşılabileceği gibi, bu şiir de, kadın eşcinselliği ile ilgilidir. bence asıl ilginç yanı, daha çok tarihsel/toplumsal diyebileceğim konularda denediğim yeni bir deyiş biçimini, *erotique* imgeleri aktarmak için de kullanmayı deneyişimdedir. claude da, şiirlerimde boy gösteren kadınlardan biri, yalnız hayali bir tip değil o, gerçekten böyle bir kadın oldu, adı claude olmasa da özellikleri anlattıklarıma uygundu. *anılar ve acılar* dizisinde, *attilâ ilhan'ın defteri*'nde, zaman zaman meydana çıkar. son paris serüvenimde önemli bir rol oynamıştır. hanidir yazışmıyoruz.

/ cinnet çarşısı /

mensur şiir (düzyazıyla yazılan şiir) oldum olası sevmediğim bir şiir türüdür benim, çocukluğumda yakup kadri'nin, kenan hulusi'nin ağdalı bir şiirsellikle yüklü nesirlerini handiyse gönlüm bulanarak okurdum, şiir yazmaya başlayınca da böylesine hiç heves etmedim. gel gör ki nesirlerimi yayımlamaya başlayınca, bunların 'şiirle mülemma' olduğu iddia edildi. hâlâ da edilir, denir ki cümleleri al, yan yana değil alt alta yaz, ortaya bir şiir çıksın! ilk defa galiba *abbas yolcu* metinlerini *varlık*'ta yayımladığım sıralarda söylenmişti bu sözler, aklımca ben yolculuk notları yazıyordum, ortaya düzyazı halinde yolculuk şiirleri çıkıyormuş! *cinnet çarşısı*'nın ilk ve son bölümünü oluşturan mensur kısımları, yıllarca sonra yine *varlık*'ta yayımladım, fakat bu kere bilinçli olarak düzyazıyla şiir denemekteydim: aşağı yukarı on yılı aşan dağınık yaşantımın içime yığdığı izlenim birikintisini ancak böyle anlatabilirim diye düşünmüştüm.

cinnet çarşısı, bir anlamda (belki birçok anlamda) o yılların beyoğlu yaşantısıdır. istanbul henüz üç merkezli bir şehirdi: babıâli, bankalar caddesi, beyoğlu! bu üç merkezin toplumsal ilişkisini hayli geniş olarak *kurtlar sofrası*'nda vermeye çabalamıştım ya, *cinnet çarşısı*'nda da eğlence endüstrisinin yoğunlaştığı beyoğlu'nu şiirsel bir prizmadan geçirerek yansıtmaya uğraşıyordum. gerçekte, ömer haybo ile abbas, ikisi de aynı çarkın dişlileri arasına sıkışmış olsalar da, biri olumsuzu öteki olumluyu temsil eder. şiir, olumlunun üstünlüğüyle biter. bunun yanısıra, uzun zaman kafamı kurcalamış, gerçek hayatın dışında kalmak zorunda, mekânsız kurt hayatı, yalnızlık, içki, şehvet üçgeni ele alınmış, şiirsel bir açıdan irdelenmiştir.

şiirin manzum diyebileceğim üç parçası, *sisler bulvarı* şiirlerinin özelliklerini taşıyor. şimdi bütünüyle yeniden gözden geçirince, belgesel bir beyoğlu tv filmi için, ne ilginç bir senaryo kanavası oluşturabileceğini düşünüyorum.

mâhur sevişmek

teşvikiye'de, göknar sokağı'nda, minnacık bir çatı katında oturuyordum. henüz bekârım, minnacık bir radyom var. akşamüstleri, *kurtlar sofrası*'na çalışmaya başlamadan, en büyük keyfim çay içip 'incesaz' dinlemek! türk musikisini gecikerek sevdiğimi yazmışımdır. yakın tarihimize değgin çeşitli eserleri okumaya daldığım o tarihlerde, birer ikişer klâsik türk bestecilerini de keşfediyor; ufak ufak, çeşitli makamların ritim özelliklerini ayırmayı öğreniyordum. bunun şiirime yansımaması düşünülemezdi. öyle de oldu.

'*mâhur sevişmek*'teki şiirler, bu yansımanın, imge ve deyiş olarak somutlaştığı, ilk şiirlerdir. bilindiği gibi, arkası geldi. çocukluk yıllarımdan kulağımda kalmış divan şiiri yankıları olmasaydı, o hızla yeniden, daha profesyonel bir gözle eski şiirimize eğilmiş olmasaydım, sonradan o kadar heveslendiğim bileşimin üstesinden gelebilir miydim, bilemem. bildiğim divan musikisi, divan şiiri, yakın geçmişimizi anlatan kitaplar vs. derken, gittikçe kökleşen, dallanıp budaklanan bir ulusal tarih ve kültür bilincine kavuştuğum, bunun savaşımını vermeye kalkıştığım.

şunu da kaydetmeliyim galiba: menderes'in artık açıkça diktalaşan yönetimi, soğuk savaş zorunluluklarıyla birleşince, her çeşit sola soluk aldırmaz bir zalimlik edinmişti. demiştim ki ortamın elverişsizliği toplumcu şairi ya mekân ya zaman içinde dağılıp, başka siyasal eylemlere sığınmak zorunda bırakıyordu; ya da onlara sahip çıkmak! *ben sana mecburum*'daki bu türden şiirleri, elbette *belâ çiçeği*'ndekiler izleyecekti: hele 27 mayıs öncesindeki kaynaşma, ister istemez beni, yakın geçmişimizin özgürlükçü eylemleriyle özdeşlemeye götürdü. bu bölümdeki şiirlerde, bu pek belirgindir.

/ emirgân'da çay saati /

türk musikisinin rüzgârını içeren bu boğaziçi şiirinde, havadaki 'asılmış adam kokusu'nu, 'yüzlerce harbiyeli sürgün yolcusu'nu hatırlatarak, özgürlükçü siyasal eylemleri gündeme getirmeye uğraşıyorum. kolay da olmuyor. yayımlandığı günlerde, türk şiiri ortamı öyle ağır bir 'ikinci yeni' yabancılaşması içindeydi ki, şiirin tadına hemen hemen hiçbir eleştirici varamadı.

/ yarının başlangıcı /

şiirin başındaki not gerçeği açıklıyor: bu başlık altındaki dört şiir, uzun durgunluk yıllarından sonra birden patlayan yığınsal eylemin heyecanıyla yazılmıştır. yayımlanmaları, ancak 27 mayıs olayından sonra gerçekleşebildi. yalnız, ona tekaddüm eden günlerde, şiirlerden haberdar olmuş bazı üniversiteli gençler, çoğaltarak postayla yaymak için hepsini benden istemişler, büyük bir olasılıkla dediklerini yapmışlardır. (bana da bir zarf gelmişti.)

şiirleri o günün havası içinde değerlendirmek gerekir. bakın, birden patlayan yığınsal eylem dedim, gerçekte bu sadece iki büyük şehrimizdeki sınırlı öğrenci gösterilerini anlatabilmek için abartılmış bir ifade. hele aynı günlerde menderes'in sözgelişi izmir'de yüz bin kişiyi –hem de çoğu üretici köylü– meydanlara toplayabildiği düşünülürse şişirilmiş bile denebilir. fakat aydınların bakışı, ister solcu olsun ister liberal, halkın desteğini küçümsemeye, öğrencilerin muhalefetini önemsemeye yönelikti. basın da bunu pompalıyordu. 27 mayıs'tan veremeyeceğinden fazlasını beklemek, buradan kaynaklanıyor.

aslında ben o bahaneyle yığınsal toplumcu eylem şiirleri yazmışım.

/ hacı murad'ın ölümü /

bu şiir hiç beklemediğim bir ilginin doğmasına neden oldu. yayımlanışından bir süre sonra, türkiye'deki mülteci azerbaycan derneklerinden teşekkür mektupları aldım. ziyaretime gelen azeriler bile oldu. doğrusu ben onların düşündükleri doğrultuda bir şiir yazdığımı sanmıyordum. henüz sultan galiyev'i tanımadıysam da, sovyetler'in sınırları içinde kalmış türk halklarının kaderiyle ilgilenmeye başlamış, tarih merakım dolayısıyla çarlık döneminden itibaren nelerle karşılaştıklarını saptamıştım. maverayı kafkas birden ilgimin yoğunlaştığı bir yöre olmuştu. (hâlâ da öyledir ya!) yavaş yavaş, bu birikim *hacı murad'ın ölümü*'nü getirdi. (*p. bruveris* letoncaya çevirdi.)

/ orient express /

orient express'in etkileyici havasını, hele seyredilen tv dizisinden sonra, herkes biliyor. şiiri yazdığım zamanlarda kimsenin haberi yoktu. ben de fransızcada okuduğum bazı kitaplardan haberdar olmuştum. derken elime graham green'in aynı adı taşıyan romanı geçti. bir solukta okudum. hayli de etkilendim. şiir bu dürtüyle başladı ya, geliştikçe avrupa boyunca bir yolculuk olmanın ötesinde, özgürlükçü bir nitelik de kazandı. dikkatli bir göz ikinci dünya savaşı, nazi cellatlığı, moskova davaları vs. gibi ana *thème*'lerin yanısıra, sömürgeciliğe karşı kurtuluş savaşlarının desteklenmesini, hatta ülkemizde o sırada sorusuz sorgusuz içeri atılan gazetecilerin savunulmasını farkedebilir: *habeas corpus ad subjuciendum*, meraklısının bileceği gibi, roma hukuku'nun önemli bir kuralıdır: hapsettiğin adamın hesabını vereceksin anlamına gelir.

/ mâhur sevişmek /

bir an gözlerinizi yumunuz, şiirin *sırtlan payı*'ndaki binbaşı (*bıçağın ucu*'nda miralay) ferid bey tarafından, sevgilisi ruhsâr hanıma söylendiğini tasarlayınız! gerçekte de öyledir. 'yüzbaşı ferid bendeniz' diye şiirde adıgeçen subayla, sonradan *aynanın içindekiler* dizisinin önemli kahramanlarından birisi olan miralay ferid bey aynı kişidir. ferid bey'in hikâyesini bir yıl öncesinden bir senaryo olarak tasarlamıştım. gerçekleşmedi. sonra bu şiir oluştu. arkasından da romanlar.

/ ferdâ /

türk musikisiyle divan şiirinin sesini çağdaş bir bileşimde eritme deneylerimden önemli birisidir. 27 mayıs heyecanıyla, bir anlamda namık kemal/fikret/nâzım hikmet geleneğini sürdürmeye çabalıyorum, bir anlamda özgürlükçü eylemi tarihsel kaynağına bağlamayı deniyorum. yalnız o kadar mı? 'ferdâ' bir protesto şiiri olmak özelliğinin yanında, fikrimce, devrimci devamlılık *thème*'ini işliyor.